너의 심장을 쳐라

너의 심장을 쳐라

아멜리 노통브 지음 이상해 옮김

FRAPPE-TOI LE COEUR
by AMÉLIE NOTHOMB

이 책은 실로 꿰매어 제본하는 정통적인 사철 방식으로 만들어졌습니다.
사철 방식으로 제본된 책은 오랫동안 보관해도 손상되지 않습니다.

마리는 자신의 이름을 좋아했다. 생각보다 흔치 않은 그 이름은 그녀를 만족시켜 주었다. 그녀가 〈마리예요〉라고 이름을 밝히면 효과는 즉각 나타났다. 사람들은 매료된 표정으로 〈아, 마리……〉라고 되뇌었다.

이름만으로는 그녀의 인기를 설명하기에 충분하지 않았다. 그녀는 자신이 예쁘다는 것을 알고 있었다. 큰 키, 잘빠진 몸매, 금발의 광채로 환하게 빛나는 얼굴. 그녀는 어디를 가나 사람들의 눈길을 끌었다. 파리였다면 그 정도로 주목을 받지는 못했겠지만, 그녀가 사는 도시는 교외라는 딱지가 붙지 않을 만큼 파리에서 멀리 떨어진 곳이었다. 줄곧 그곳에서 살아온 터라 도시 사람 모두가 그녀를 알았다.

마리는 열아홉 살이었고, 그녀의 시대가 열리고 있었다. 그녀는 멋진 삶이 자신을 기다린다고 느꼈다. 그녀는 비서학과에 다녔다. 특출한 학과는 아니었지만 뭐든 공부를 하기는 해야 했으니까. 때는 1971년이었다. 사방에서 〈젊은이들에게 자리를!〉이라는 말이 들려왔다.[1]

그녀는 파티를 돌아다니며 또래들과 어울렸다. 발이 넓은 사람은 매일같이 파티를 즐길 수 있었기에 그녀는 단 한 곳도 놓치지 않았다. 평온했던 어린 시절, 따분했던 소녀 시절이 지나가고 삶다운 삶이 시작되고 있었다. 〈이제 중요한 건 나야. 이 이야기는 내 거라고. 내 부모나 언니가 아니라!〉 그녀의 언니는 전해 여름에 착한 청년을 만나 결혼했고, 벌써 아이 엄마였다. 마리는 그녀에게 축하의 말을 건네며 속으로는 이렇게 생각했다. 〈앞으로 웃을 일 없겠네, 이것아!〉

그녀는 사람들의 눈길을 끌고, 여자아이들의 시샘을 받고, 밤새 춤을 추고, 날이 훤하게 밝아 올 때 귀가하

---

1 1968년 학생 운동으로 드골이 대통령직에서 물러나는 등 프랑스 사회가 발칵 뒤집혔던 시기. 이하 모든 주는 옮긴이의 주이다.

고, 수업에 늦는 게 아주 신나는 일이라는 것을 알아차렸다. 「이런, 마리, 또 밤새 청춘을 즐기셨구먼.」 선생은 매번 꾸짖는 시늉만 했다. 지각 한번 하지 않는 못생긴 여학생들이 분노에 찬 눈길로 그녀를 노려보았다. 마리는 깔깔대며 환하게 빛나는 웃음을 터뜨렸다.

지방에서 꽤 사는 집안의 아이라 해도 뭐 그리 대단한 미래가 기다리고 있는 건 아니라고 누가 말해 줬어도 그녀는 믿지 않았을 것이다. 그녀는 뭔가 특별히 계획하고 있는 것은 없었지만, 앞으로의 나날이 굉장할 거라는 것만은 알고 있었다. 아침마다 잠에서 깨어나면 그녀는 가슴속에서 거대한 부름을 느꼈고, 그 영감에 자신을 내맡겼다. 밝아 오는 새날은 아직 어떤 것인지 모르는 사건들을 약속했다. 그녀는 당장이라도 무슨 일이 일어날 것 같은 그 설렘을 무척 좋아했다.

수업을 같이 듣는 여학생들이 미래에 대해 말할 때면 마리는 속으로 비웃었다. 결혼, 아이, 집이라니…… 저 애들은 어떻게 그따위에 만족할 수 있을까? 자신의 바람에 단어를, 그것도 그처럼 보잘것없는 단어들을 갖다 붙이다니 얼마나 바보 같은 짓인가? 그녀는 자신의 기대에 이름을 붙이지 않고 그 무한함을 만끽했다.

마리는 파티에 가면 남자아이들의 관심이 온통 자신에게 쏟아지는 걸 즐겼지만, 정작 자신은 그중 한 사람을 콕 집어 관심을 보이지 않으려고 신경 썼다. 모두가 선택받지 못했다는 불안감에 얼굴이 창백해지도록 말이다. 꺾일 듯 꺾일 듯 애간장만 태우고 절대 꺾이지 않는 것은 얼마나 짜릿한 일인지!

그것 말고도 훨씬 더 강력한 기쁨이 존재했다. 다른 여자들의 질투를 불러일으키는 데에서 오는 쾌감이었다. 여자아이들이 샘이 나서 고통스러운 표정으로 자신을 쳐다볼 때면 마리는 마른침을 삼켜 가며 그들의 형벌을 즐겼다. 그녀에게 날아와 꽂히는 쓸쓸한 눈길들은 입에서 입으로 전해지는 것이 그녀에 관한 이야기라는 것을, 그 이야기의 주인공이 그녀라는 것을 말해 주고 있었다. 다른 여자들은 부스러기나 주워 먹으라고 잔치에 초대받거나 들러리를 서다가 오발탄에 맞아 죽는 역할, 다시 말해 남자 주인공에게 첫눈에 반해 시름시름 앓기만 하다가 퇴장하는 역할로 드라마에 끼게 된 단역에 불과했다.

운명은 마리에게만 관심을 가질 터였다. 이러한 타인들의 배제, 바로 그것이 그녀를 좋아서 어쩔 줄 모르게 만들었다. 누군가가 나서서 질투를 불러일으키려는 것도 질투에서 비롯된 거라고, 그보다 더 추한 감정은 없다고 설명했어도 그녀는 어깨를 으쓱하고 말았을 것이다. 파티장 한가운데에서 춤을 추는 한 예쁜 미소로 질투를 감출 수 있었으니까.

그 도시에서 가장 잘생긴 청년의 이름은 올리비에였다. 훤칠한 키에 남프랑스 사람처럼 짙은 갈색 머리가 돋보이는 그는 약사의 아들이었고, 본인도 약사가 되어 아버지의 뒤를 이을 예정이었다. 친절하고 재미있고 서글서글해서 남녀를 불문하고 모두가 그를 좋아했다. 마리가 그러한 사실을 놓칠 리 없었다. 그녀는 모습을 드러내기만 하면 됐다. 마술이 일어났고, 올리비에는 그녀를 미친 듯이 사랑했다. 마리는 그 사실이 확연히 드러나 보이는 걸 즐겼다. 여자아이들의 눈길 속에서 고통에 찬 시샘은 증오로 변했고, 그녀는 자신에게 쏟아지는 증오의 눈길을 통해 쾌감을 맛보며 전율했다.

그 전율의 성격을 잘못 파악한 올리비에는 그녀도 자

신을 사랑한다고 믿었다. 기쁨에 들뜬 그가 위험을 무릅쓰고 키스를 시도했다. 마리는 얼굴을 돌리지 않고 자신에게 쏟아지는 증오의 눈길을 확인하려고 주변을 힐끔거리는 것으로 만족했다. 그 키스는 그녀 안의 마귀가 목덜미를 무는 것과 같았다. 그녀는 신음했다.

그 후로는 수만 년간 지속된 낡은 절차에 따라 일이 전개되었다. 아플까 봐 두려웠던 마리는 둘이 함께 파티장을 나서는 순간 모두의 시선을 느꼈을 때를 제외하고는 별 감흥을 느끼지 못해 사뭇 놀랐다. 어쨌든 그녀는 하룻밤 사이에 여성이 바랄 수 있는 최고의 것을 구현해 기분이 좋았다.

행복에 젖은 올리비에는 자신의 사랑을 감추지 않았다. 이제 프리마돈나가 된 마리는 환하게 빛을 발했다. 「정말이지 아름다운 한 쌍이야! 둘이 얼마나 잘 어울리는지!」 사람들이 입을 모아 말했다. 그녀는 너무나 행복해서 자신이 사랑에 빠졌다고 믿었다. 부모의 미소보다는 또래 여자애들의 입가에 잡히는 보기 흉한 주름이 그녀를 훨씬 더 기쁘게 했다. 이 성공적인 영화의 주연을 맡게 되어 얼마나 행복했는지!

6주 후, 그녀는 환상에서 깨어났다. 병원에 달려갔을 때 의사는 그녀의 두려움을 확인해 주었다. 겁에 질린 마리가 소식을 알리자 올리비에는 곧바로 그녀를 껴안으며 말했다.

「자기, 정말 잘됐다! 나랑 결혼해 줘!」

그녀는 울음을 터뜨렸다.

「싫어?」

「아니.」 그녀가 훌쩍이며 말했다. 「하지만 난 이런 식으로 서둘러 결혼하고 싶진 않았어.」

「그런다고 뭐가 달라지는데?」 기쁨을 주체하지 못한 그가 그녀를 안으며 대답했다. 「우리가 서로 사랑하는 만큼 아이가 빨리 온 건 당연한 거야. 뭐 하러 기다리겠어?」

「사람들이 아무것도 눈치채지 못하기를 바랐는데.」

그녀가 부끄러워한다고 오해한 그는 마음이 짠했다.

「아무도 눈치채지 못할 거야. 모두 우리가 미친 듯이 사랑하는 걸 봤으니까. 2주 후에 결혼하자. 그럼 자기의 허리둘레는 전과 별반 다르지 않을 테니.」

마리는 내세울 말이 궁해서 입을 다물었다. 그녀의 계산으로는 예전부터 꿈꿔 오던 성대한 결혼식을 보름 만에 준비하지는 못할 것 같았다.

올리비에가 양가 부모에게 두 사람의 결정을 알렸다. 결혼을 그토록 서두르는 이유도 감추지 않았다. 마리의 임신 사실을 알게 된 그들은 크게 기뻐했다.

「시간을 헛되이 보내지 않았구나, 애들아! 잘됐다, 아이는 한 살이라도 젊을 때 가지는 게 제일이지.」

〈이런 젠장.〉 그녀는 속으로 이렇게 중얼거리면서도 사람들이 자신의 행복을 믿길 바라며 억지로 자랑스러운 표정을 지어 보였다.

결혼식은 급히 준비한 것치고는 꽤 훌륭했다. 올리비에가 행복에 겨운 표정으로 말했다.

「고마워, 자기. 난 한 번도 본 적 없는 삼촌들 불러 놓고 몇 시간씩 계속되는 피로연 정말이지 늘 끔찍했어. 간단하게 식사하고 진짜 가까운 사람들과 저녁 시간을 보내다니, 자기 덕분에 우린 사랑이 가득한 결혼식을 하고 있어.」 그가 그녀와 춤을 추며 말했다.

사람들은 결혼사진에서 한껏 들뜬 신랑과 어색한 미소를 짓고 있는 신부를 보았다.

결혼식에 참석한 사람들은 신혼부부를 진심으로 사랑했다. 마리가 아무리 사람들의 얼굴을 힐끗거려도 소용이 없었다. 질투에 찬 얼굴이야말로 그녀가 자신의 생애에서 가장 아름다운 날을 보내고 있다고 여기게 해주었을 텐데, 그런 표정을 짓는 사람은 아무도 없었다. 그녀는 질투에 찬 구경꾼들, 험담을 해대는 타인들, 하객들과 어울리지 못한 채 (엄마의 것이 아닌) 신부의 드레스를 훔쳐보는 못생긴 여자들로 가득 찬 성대한 결혼식을 치르고 싶었다.

「이것 좀 봐, 나도 네 나이 때는 너만큼 날씬했어!」전쟁이 끝난 직후에 유행한 자신의 옛 드레스가 딸에게 너무나 잘 어울리는 것을 확인하고는 그녀의 어머니가 외쳤다.

마리는 이 말이 몹시 싫었다.

신혼부부는 약국에서 그리 멀지 않은 예쁜 집에 살림
을 꾸렸다. 신부는 가구를 직접 고르고 싶어 했지만, 임
신 두 달째부터 비정상적인 피로가 그녀를 덮쳤다. 의
사는 흔히 있는 일이라고, 초산인 경우에는 특히 더 그
렇다고 말했다. 정상적이지 않은 건 그 피로가 임신 막
달까지 계속되었다는 점이었다.

그녀는 배가 고파 죽을 지경에 이르렀을 때야 잠에서
깨어났다.

「난 이제 수업에도 안 나가. 난감하게 됐어.」 그녀가
허겁지겁 밥을 먹으며 남편에게 말했다.

「어쨌거나 당신은 비서 일을 하기에는 너무 똑똑해.」

그가 대답했다.

그녀는 당혹스러웠다. 단 한 번도 비서가 되겠다고 생각해 본 적이 없었기 때문이었다. 공부라면 비서학이든 농학이든 그게 그거였다. 게다가 똑똑하다니, 올리비에는 그 단어로 무얼 말하고 싶었던 것일까? 그녀는 그 주제에 대해 더 생각해 보기를 거부하고 다시 누웠다.

마음껏 잘 수 있다는 데에는 아찔한 뭔가가 있었다. 자리에 누우면 그녀는 자신이 잠의 나락으로 떨어지는 것을 느꼈다. 그녀는 그 추락에 몸을 내맡기고 다른 건 생각해 볼 겨를도 없이 곧 사라졌다. 배만 고프지 않았다면 영영 깨어나지 않았을 것이다.

임신 10주 차부터 그녀는 달걀이 먹고 싶어졌다. 그래서 약국에 있는 올리비에에게 전화를 걸었다.

「달걀 좀 삶아 줘. 더도 덜도 말고 딱 7분만 삶아.」

올리비에는 만사를 제쳐 두고 달걀을 삶으러 집으로 달려왔다. 달걀 반숙은 미리 준비해 둘 수가 없었다. 삶아서 바로 먹지 않는 한 계속 익어 버리니까. 그는 조심스럽게 껍데기를 간 달걀을 쟁반에 담아 침대에 누워 있는 마리에게 가져갔다. 그러면 그녀는 마파람에 게 눈 감추듯 달걀을 먹어 치웠다. 실수로 7분 30초를 삶았거나(그녀는 〈너무 퍽퍽해〉라고 말하며 밀쳐 냈다) 6분 30초를 삶은 경우는(그녀는 〈비려서 못 먹겠어〉라고 말하며 눈을 감았다) 제외하고.

「삶은 달걀이 먹고 싶으면 한밤중에라도 망설이지 말고 깨워.」 올리비에가 말했다.

쓸데없는 우려였다. 그녀는 조금도 망설이지 않았으니까. 달걀을 맛있게 먹어 치운 후에는 다시 잠에 빠져들었다. 주변에 알아차린 사람은 없었지만 대단한 전문가가 아니더라도 그녀가 잠으로 도피하려는 상태라고 능히 진단할 수 있었을 것이다. 아주 드물게 잠을 자지 않을 때면 마리는 속으로 이렇게 되뇌었다. 〈난 겨우 열아홉 살에 임신을 했어. 내 청춘은 이미 끝났어.〉

그러면 잠의 나락이 다시 열렸고, 그녀는 그 속으로 빠져들며 위안을 얻었다.

그녀가 달걀을 먹을 때면 올리비에는 애정 어린 눈빛으로 바라보면서 이따금씩 배 속의 아기가 발길질을 하느냐고 물었다. 그녀는 아니라고 대답했다. 아기는 아주 얌전했다.

「난 끊임없이 아기 생각을 해.」그가 말했다.

「나도.」

거짓말이었다. 지난 아홉 달 동안 그녀는 단 한 번도 아기 생각을 해본 적이 없었다. 그것은 잘한 일이었다. 만약 아기를 생각했다면 아마도 미워했을 테니까. 그녀는 본능적인 대비책에 따라 임신 기간을 긴 부재처럼 살아 냈다.

「아들인 것 같아, 딸인 것 같아?」가끔 그가 물었다.

그녀는 어깨를 으쓱하고 말았다. 그가 이름을 지어 둬야 하지 않겠느냐고 물으면 그녀는 늘 〈아직〉이라고 대답했다. 그는 그녀의 결정을 존중했다. 실은 그녀가 아무리 아기에게 집중해 보려고 해도 그 순간은 단 1초도 지속되지 않았다. 아기는 그녀에게 완전히 낯선 것으로 남아 있었다.

출산은 갑작스럽고 불쾌한 현실 세계로의 귀환이었다. 갓난아기의 울음소리를 듣고 그녀는 깜짝 놀랐다. 그러니까 그동안 누군가를 배 속에 품고 있었던 것이다.

「딸입니다, 부인..」 산파가 말했다.

마리는 아무것도 느끼지 못했다. 실망감도 만족감도 들지 않았다. 그녀는 자신이 어떤 감정을 느껴야 하는지 누가 설명해 줬으면 했다. 그냥 피곤하기만 했다.

산파가 그녀의 배 위에 아기를 올려놓았다. 그녀는 사람들이 자신에게 어떤 반응을 기대할지 생각하며 아기를 바라보았다. 바로 그때 올리비에가 허락을 받아 그녀 곁으로 다가왔다. 그리고 그녀가 느꼈어야 마땅한 감정을 모두 드러냈다. 그는 감격에 겨워 아내를 안아 주며 축하의 말을 건네고는 눈물을 머금은 채 아기를 들어 품에 안고는 외쳤다.

「너처럼 예쁜 아기는 내 평생 처음 봐!」

그 순간 마리의 심장이 얼어붙었다. 올리비에가 그녀에게 아기의 얼굴을 보여 주며 말했다.

「여보, 당신이 낳은 걸작을 좀 봐!」

그녀는 용기를 내서 자신이 낳은 아기를 바라보았다. 아기는 까무잡잡했고, 검은 머리카락이 1센티미터 정도 자라 있었다. 갓난아기에게 흔히 나타나는 붉은 발진도 전혀 없었다.

「당신을 꼭 빼닮았어. 그러니 이름을 올리비아라고 짓는 게 좋을 것 같아.」그녀가 말했다.

「아냐! 이 아이는 여신처럼 아름다워. 그러니 이름을 디안[2]이라고 짓자.」젊은 아빠가 결정을 내렸다.

마리는 남편의 선택을 받아들였지만, 그녀의 심장은 다시 얼어붙어 버렸다. 올리비에가 아기를 그녀의 품에 안겨 주었다. 그녀는 아기를 바라보며 생각했다. 〈이제 더는 내 이야기가 아니야. 이제부턴 네 이야기야.〉

때는 1972년 1월 15일, 마리는 스무 살이었다.

2 로마 신화에서 숲과 동물을 수호하고, 나아가 임신과 출산을 돕는 여신인 〈디아나〉에서 유래한 이름.

단란한 가족은 집으로 돌아갔다. 올리비에는 아침마다 디안에게 젖병에 든 우유를 먹이고는 약국으로 출근했다. 아기와 단둘이 남게 되면 마리는 도무지 이해할 수 없는 불편함을 느꼈다. 그녀는 가능한 한 아기를 쳐다보지 않으려고 애썼다. 기저귀를 갈아 줘야 할 때는 문제 될 게 없었다. 그녀를 불편하게 만드는 것은 아기의 얼굴이었으니까. 그녀는 얼굴을 돌린 채 아기의 입에 젖병을 물렸다.

특히 출산 초기에 사람들이 그녀의 집을 대거 방문했다. 디안을 보려고 찾아온 친구들은 매번 탄성을 터뜨렸다.

「어머, 예쁘기도 해라! 어쩜 이렇게 예쁜 아기가 다 있니!」 그때마다 마리는 가슴을 후벼 파는 고통을 감추려고 애썼다. 가장 큰 상처가 된 것은 손녀를 보고 예뻐서 어쩔 줄 몰라 하는 부모의 반응이었다.

「용케도 너보다 더 예쁜 아기를 낳았구나!」 할아버지가 말했다.

그 순간 할머니는 딸이 입술을 깨무는 것을 보았다. 그래서 칭찬을 늘어놓는 것을 자제했지만, 마리는 디안을 숭배하는 눈길로 바라보는 자기 엄마를 보고 고통스러워했다.

그녀는 이제나저제나 사람들의 방문이 끝나기만을 기다렸다. 그들이 가고 나면 아기를 자신의 눈길이 닿지 않는 요람에 눕혔다. 그러고는 침대에 누워 천장을 바라보며 생각했다. 〈다 끝났어. 내 나이 겨우 스물인데 벌써 끝나 버렸어. 어떻게 청춘이 이렇게 짧을 수가 있어? 내 이야기는 6개월밖에 안 갔어.〉 이런 생각이 그녀의 머릿속에서 끊임없이 맴돌았다. 임신 기간처럼 죽은 듯이 잠이라도 잘 수 있다면! 더 이상 사라질 여유가 없었다. 그녀는 현실과 맞서야만 했다. 〈현실에 맞서다〉,

예전에 어디선가 읽었지만 당시에는 뭔가 견딜 수 없는 게 문제가 된다는 것 말고는 의미를 이해할 수 없던 표현이었다.

그렇지만 디안은 얌전했다. 세상에 나오던 순간을 제외하고는 울지도 않았다. 칭얼거리는 소리조차 들을 수가 없었다. 디안은 자신을 바라보는 사람에게 방긋방긋 웃어 주었다. 「넌 정말 운이 좋아.」 사람들이 마리에게 말하곤 했다.

날이 저물 즈음 서둘러 약국에서 돌아온 올리비에는 몇 미터 거리를 두고 말없이 누워 있는 아내와 딸을 발견했다. 그는 아기에 대해서는 걱정을 하지 않았다. 그게 정상으로 보였으니까.

「피곤해서 그래.」 마리는 걱정하는 그에게 으레 이렇게 대답했다.

「보모를 고용할까?」

그녀는 집에 낯선 사람을 들이고 싶지 않다며 거부했다.

「장모님은 일을 안 하시잖아. 장모님한테 디안을 맡기면 어떨까?」 어느 날, 올리비에가 제안했다.

마리가 버럭 화를 냈다.

「나한테 아기를 돌볼 능력이 없는 것 같다고 그냥 말하지그래?」

사실 그녀는 자기 엄마가 그렇게 생각하리라는 것을 알고 있었다.

젊은 아빠는 아기를 품에 안고 덩실덩실 춤을 추었다. 아기가 옹알거리며 웃어 주었던 것이다. 올리비에는 사랑이 가득 담긴 말을 늘어놓았다. 「내 천사, 내 보물, 내 행복!」 그는 아기의 얼굴에 마구 뽀뽀를 해대느라 마리의 안색이 백지장처럼 하얘지는 것을 알아차리지 못했다. 그는 디안에게 우유를 먹이고 다시 눕혔다.

「여보, 당신 얼굴이 너무 창백해!」 그가 아내를 보고 외쳤다.

「기운이 없어서 저녁 준비는 못 할 것 같아.」 그녀가 옹얼거렸다.

「그럼 나가서 먹자!」

「나갈 수가 없잖아.」 그녀가 턱으로 아기를 가리키며 대답했다.

「베이비시터를 부를까?」

「내가 부를게.」

그녀는 늘 잊지 않고 테스탱 부인에게 전화를 걸었다. 테스탱 부인은 쉰다섯 살에다 초점이 세 개인 두꺼운 돋보기안경을 쓰고 다녔다. 마리는 그 부인이 얼굴을 바싹 대고 말할 때 고약한 입 냄새 때문에 아기가 슬며시 고개를 돌리는 것을 보고 터져 나오려는 웃음을 참았다.

식당에 가면 마리는 생기가 돌면서 예전의 당당함을 약간 되찾았다. 종업원들이 던지는 질투 어린 눈길이 그녀를 더없이 기쁘게 했다. 그녀는 고등학교 때 같은 반이었던 친구가 종업원으로 일하는 식당을 주로 찾았다. 잔인한 비교를 통해 기운을 얻을 수 있었으니까.

그런데 사람 좋은 올리비에가 사랑에 빠진 목소리로 이렇게 말해 둘만의 오붓한 저녁 시간을 망쳐 놓곤 했다.

「내 사랑, 디안같이 예쁜 딸을 낳아 줘서 당신한테 얼마나 고마운지 모르겠어.」

마리는 치미는 화를 감추기 위해 눈을 내리깔았다. 올리비에는 그것을 겸손으로 착각하고 감동해 마지않았다.

시간이 가면서 그는 점점 걱정이 되었다. 몇 달이 흘렀는데도 좀처럼 마리의 상태가 나아지지 않았던 것이다. 그녀가 결혼하기 전에 보여 주었던 삶에 대한 열의는 어디로 사라져 버린 것일까? 그가 이런저런 질문을 했지만 그녀는 대답을 회피했다.

「당신, 일해 보고 싶어?」 어느 날, 그가 물었다.

「응. 그런데 공부를 그만둬서 할 수가 없잖아.」

「당신은 너무 똑똑해서 비서로 일하기에는 아까워.」

「전에도 그 말 했었지. 그럼 내가 무슨 일을 해야 안 아깝다는 거야?」

「약국에 경리가 필요해.」

「난 회계에 대해서는 아무것도 모르는걸.」

「배우면 되지. 난 당신이 훌륭하게 해낼 거라고 확신해.」

「그럼 아기는?」

「내가 장모님한테 회계 공부를 하면서 아기까지 돌볼 수는 없다고 잘 설명할게.」

올리비에는 장모를 찾아가서 전혀 다른 말을 했다. 마리가 산후 우울증을 앓고 있어서 일이라도 하게 해줘야 삶의 의욕을 되찾을 수 있을 것 같다고, 제발 디안을 맡아서 돌봐 달라고 사정했다. 저녁마다 자기가 데리러 오겠다면서.

「기꺼이 맡아 줌세.」 할머니가 말했다.

사위가 돌아가자 할머니는 쾌재를 불렀다.

「올리비에에게 축복이 있기를!」

「마리가 우울증을 앓으리라고는 상상도 못 했는걸.」 할아버지가 말했다.

「우울증은 무슨! 그 아이는 자기 딸을 병적으로 질투하고 있어요. 그래서 힘들어하는 거라고요.」

「자기 애를 뭐 하러 질투하겠소?」

「질투에 무슨 이유가 필요해요! 우린 두 딸을 공평하게 키우려고 애썼어요. 둘 중 누구도 편애하지 않았죠. 브리지트는 제 동생보다 못났으니까 질투를 하려면 그 아이가 했을 거예요. 정작 그 아이는 한 번도 그런 적이 없는데, 오히려 마리가 질투를 부렸죠. 난 그 문제가 해결됐다고 생각했어요. 마리가 우리 도시에서 가장 예쁜 아가씨로 자랐고, 결혼도 아주 잘했으니까. 그런데 아니었어요. 그 아이가 자기 딸을 질투하는 걸 내 눈으로 똑똑히 봤다니까.」

「도대체 아기한테 뭘 질투할 수가 있다는 거요?」

「아기가 천사처럼 예뻐서 주변의 관심을 끌잖아요. 그걸로 충분하지.」

「마리가 아기를 학대한다고 생각해요?」

「아니, 마리는 못되지도 미치지도 않았어요. 하지만 딸에게 조금도 애정을 드러내지 않아요. 불쌍한 디안은 아마 감당하기 어려울 거예요.」

「어떻게 그런 천사 같은 아기를 사랑하지 않을 수가 있지?」

할머니와 할아버지는 손녀가 애정 결핍에 시달리고 있다는 것을 알고 극진한 애정으로 아기를 맞아들였다. 그로 인해 아기의 일상은 완전히 달라졌다.

그간 디안의 삶에는 아침과 저녁이라는 두 번의 중요한 시간이 있었다. 그 시간은 아빠가 그녀를 요람에서 꺼내 연신 사랑의 말을 해가며 마구 뽀뽀를 하고, 기저귀를 갈아 주고, 우유를 먹이는 순간과 일치했다. 낮 혹은 밤의 한쪽 기슭에서 다른 기슭까지는 영겁의 시간이 펼쳐졌다. 빛 혹은 어둠의 세기가 펼쳐지는 동안에는 아무 일도 일어나지 않았다. 가끔은 무심한 여신이 기저귀를 갈아 주거나 젖병을 물려 주려고 그녀를 안아 들기도 했다. 그 여신은 너무나 낯선 종에 속해서 그녀를 접촉 없이도 만지고 뻔히 보면서도 보지 않는 데 성공했다. 디안은 자신이 거기에 있다는 것을 여신이 알아차리게 할 요량으로 눈을 크게 떴고, 가끔은 용기를 내서 옹알거리기까지 했지만 소용이 없었다. 여신이 그녀를 다시 요람에 누이면 마침내 희망 고문이 멈추었다. 적어도 그때는 기대할 게 아무것도 없다는 것을 디안은 확실히 알았다. 물론 아침과 저녁은 빼고. 하지만 그 두 시간은 너무나 멀리 떨어져 있어서 아예 생각을 하지 않는 편이 나았다. 그녀는 여신의 체취가 왜 그토록 친근하게 느껴지는지, 나아가 그 그윽한 향기가 왜 자신의 가슴을 그토록 사무치게 하는지 곱씹으며 텅 빈 시간을 채웠다.

그런데 갑자기 디안의 삶이 달라졌다. 아빠가 그녀를 광주리에 넣어 어디론가 데려가더니 테스탱 부인처럼 나이는 지긋하지만 아주 좋은 냄새가 나고 애정 어린 손길이 따뜻한 사람의 품에 내려놓았다. 그 사람과 함께 있으면 공허가 사라졌다. 그 사람은 그녀를 품에 안고 있지 않을 때는 베이비서클에 내려놓았다. 그녀는 그곳에서 할머니를 바라볼 수 있었다. 할머니는 여신이 소극적이고 조용한 것만큼이나 활동적이고 시끄러운 사람이었다. 자주 라디오를 들으며 그리고 라디오에 대고 말을 해가며 음식을 준비했다. 식사를 할 때면 디안을 높은 의자에 앉혀 놓고 자신이 요리한 것을 접시에 담아 앞에 놓아 주었다. 반드시 먹어야 하는 것은 아니지만 그녀에게는 시식을 해볼 권리가 있었다. 디안은 때때로 그 음식을 아주 맛있게 먹었다.

무엇보다 할머니는 그녀를 쳐다보고 말을 했다. 할머니와 함께 있으면 그녀는 아침 혹은 저녁에만 존재하는 게 아니었다. 끊임없이 존재한다는 것은 신나는 일이었다. 할머니는 그녀를 바깥으로 데리고 나가 굉장한 모험을 즐기게 해주었다. 그들은 함께 시장에 가서 야채도 사고, 과일도 고르고, 우주도 탐험했다. 세상을 흥미로운 곳으로 만드는 할머니의 권능에는 한계가 없었다.

아빠가 저녁마다 그녀를 데리러 와서 한껏 애정을 표현했다. 그들은 여신에게 돌아갔다. 여신은 여전히 그녀를 쳐다보지 않았지만 기분은 한결 나아 보였다. 여신이 자신에게 마지막 젖병을 먹이고 자신을 요람에 누이는 동안 디안은 그 큰 몸이 생명력으로 끓어오르는 것을 느꼈다.

올리비에가 옳았다. 마리는 회계에 열중했다. 그녀는 속성 교육 과정을 들으면서 재능을 드러냈다. 절대적으로는 따분하기 짝이 없었던 숫자들이 돈을 표상하는 순간부터 그녀를 매료시켰다. 돈은 타인의 시샘을 불러일으키는 멋진 가치였다. 마리는 자신이 일반적인 도시 사람들보다 더 많은 돈을 소유하고 있다는 것을 알고는 몹시 기뻐했다. 그녀는 곧 돈과 관련된 원칙을 깨달았다. 돈을 좋아한다는 것을 드러내지 말아야 했다. 그래야만 그것을 잘 누릴 수 있었다.

마리는 이상적인 경리일 뿐 아니라 뛰어난 여성 사업가이기도 했다. 그녀는 약국에 화장품 코너를 새로 만들고 그 모델이 되었다. 손님들은 그녀에게 생기 넘치는 안색과 눈부신 피부를 유지하는 비결이 뭐냐고 물어댔다. 그녀는 자신이 겨우 스물한 살이라고 대답하지 않으려고 조심하면서 비밀을 알려 주는 것 같은 표정을 지으며 아주 비싼 미용 크림을 넌지시 보여 주었다.

올리비에는 아내를 더욱더 사랑하게 되었고, 머지않아 마리는 또 임신을 했다. 그런데 이번에는 그 사실이 그리 불편해 보이지 않았다. 그녀는 일상을 전혀 바꾸지 않고 여느 때처럼 일을 했다.

어느 날 밤, 마리는 둘째 아이를 임신한 여자들이 흔히 꾸는 악몽을 꾸었다. 첫째 아이가 죽는 꿈이었다. 그녀는 불안이 극도에 달했을 때 잠에서 깨어났고, 자신이 꿈을 꾼 게 맞는지 확인하고 싶은 욕구를 느꼈다. 그녀는 요람으로 달려가 어린 딸의 몸을 만져 봤다. 디안은 기적이 일어났다고 느끼며 잠에서 깨어났다. 여신이 그녀를 품에 안고 〈살아 있구나, 살아 있구나!〉라고 되뇌고 있었다. 마구 뽀뽀를 해대면서. 디안은 어둠에 잠겨 희미한 여신의 얼굴을 보려고 눈을 크게 떴다. 여신의 얼굴에는 이전과는 달리 애정과 안도감이 충만했다. 그래서 그녀는 그 믿을 수 없는 동요가 자신을 사로잡도록 내버려 두었다. 어마어마한 쾌감으로 그녀의 존재 전체가 마비되었다. 여신의 체취가 온 감각으로 번져 갔고, 그녀는 형언할 수 없을 정도로 그윽한 향기에 잠겨 들었다. 그녀는 우주에서 가장 강렬한 도취, 즉 사랑을 경험했다. 따라서 여신은 그녀의 엄마여야 했다. 그녀를 사랑했으니까.

「잘 자라, 내 아기.」 마침내 마리는 아이를 다시 요람
에 눕혔다.

그러고는 자러 갔다.

디안은 다시 잠들지 않았다. 드디어 모습을 드러낸
사랑이 끊임없이 그녀를 훑고 지나갔다. 물론 아빠, 할
머니, 할아버지의 품에서도 그녀는 자신이 사랑받고 있
다는 것을, 자신이 사랑하고 있다는 것을 느꼈다. 하지
만 엄마의 품에서 느낀 것은 전혀 달랐다. 그것은 마술
에 속했다. 그녀를 고양시키고, 전율하게 하고, 행복감
으로 짓이기는 힘이었다. 그것은 가장 감미로운 향기를
능가하는 엄마의 체취에서 기인했다. 그것은 그녀가 이
제껏 들어 본 것 중에 가장 달콤한 음악이었던 엄마의
목소리와도 관계가 있었다. 또한 그것은 잠깐의 포옹을
꿈결같이 긴 애무로 바꾸어 놓은 엄마의 피부와 머리카
락의 부드러움에 의해 완성되었다.

다시 잠이 들지 말아야 했다. 그것만이 그녀가 꿈을
꾸지 않았다고 확신할 수 있는 유일한 방법이었다. 잠
을 자는 도중에 이상한 경험을 하기도 한다는 것을 디
안은 이미 알고 있었다. 그 일이 비현실적임을 확신하

기 위해서는 의식이 있는 상태에서 어느 정도 시간을 보내야 했다. 그런데 그날 밤에는 정반대의 현상을 경험할 수 있었다. 그녀는 깨어 있으면 있을수록 조금 전 일이 실제로 일어났다는 걸 점점 더 확신할 수 있었다.

그러니까 모든 생명의 의미이자 존재 이유는 그것이었다. 우리가 여기에 있고, 그토록 많은 시련을 견뎌 내고, 계속 숨을 쉬려고 애쓰며, 그리도 무거운 짐을 짊어지는 것은 바로 사랑을 알기 위해서였다. 디안은 여신이 아닌 다른 무엇도 사랑을 불러일으킬 수 있는지 생각해 보았다. 아닌 것 같았다. 아빠가 묘하게 행복한 표정을 지으며 엄마의 품을 파고드는 것을 한두 번 본 게 아니지 않은가?

또 다른 수수께끼가 그녀를 생각에 잠기게 했다. 여신이 안아 줬을 때 그녀는 엄마의 심장이 뛰는 것을 느꼈다. 그 큰 가슴에 안겨 자신의 심장도 뛰었다. 그런데 엄마의 품속 깊은 곳, 좀 더 아래쪽에서 또 다른 심장이 뛰는 소리가 들렸다. 사랑하는 엄마의 배가 평소와는 다르게 볼록 튀어나온 것과 관계가 있을까? 그 느낌이 왜 희미한 기억을 떠올리게 하고, 이 세상의 것이 아닌

듯한 내밀한 향수(鄕愁)에 젖어 들게 하는 것일까?

디안은 용케도 다시 잠들지 않고 기대에 부푼 채 이 제나저제나 아침이 오기를 기다렸다. 아빠가 기상 의식을 치르려고 그녀를 요람에서 꺼내려 할 때, 그녀는 변화가 유지되고 있는지 보려고 엄마 쪽으로 얼굴을 내밀었다. 엄마는 그녀를 쳐다보지도, 말을 건네지도 않았다. 여느 날과 다름이 없었다. 디안은 엄마가 간밤에 있었던 일을 이미 잊었다는 것을 깨달았다. 설혹 기억한다 하더라도 그것이 꿈이었다고 생각하리라.

아이는 가슴이 조이듯 아팠다. 하지만 그녀의 마음속에서 강하고 분명한 뭔가가 속삭였다. 〈난 기억해. 그게 꿈이 아니었다는 걸 알아. 여신이 내 엄마라는 걸 알아. 내가 엄마를 사랑하듯 엄마도 날 사랑한다는 것을, 그 사랑이 존재한다는 것을 알아.〉

어느 날 아침, 마리가 별다른 이유 없이 디안을 부모님 댁에 데려다주는 일이 일어났다. 디안은 그 품에 안겨 짧은 시간 동안 사랑하는 엄마의 향기와 부드러움을 다시 느껴 보려고 애썼지만 마리는 그것을 전혀 눈치채지 못했다. 문을 열어 주러 나온 할아버지는 애원하는 듯한 아기의 얼굴과 딸의 무관심한 표정을 보았다. 그는 손녀를 품에 안고 다독여 주었다.

「좋은 아침이구나, 아가, 예쁘기 그지없는…….」

「애한테 그런 식으로 말하는 건 우스꽝스러워요.」여신이 발길을 돌리며 얼음처럼 차가운 목소리로 쏘아붙였다.

딸의 이러한 태도에 깜짝 놀란 아버지는 아내가 정확하게 봤다는 걸 깨달았다. 디안의 눈에서 총기와 진중한 심성을 엿본 그는 아이에게 설명을 해주기로 마음먹었다.

「네 엄마는 못된 게 아니란다, 얘야. 질투가 나서 그러는 거야. 늘 그랬단다. 그냥 그런 건데 너라고 어쩌겠니. 질투가 뭔지 이해하겠니?」

두 살[3]밖에 안 된 아이가 고개를 끄덕였다.

「이건 우리 둘만의 비밀로 하자꾸나.」

디안이 〈질투〉라는 말을 들어 본 적이 있었을까? 어쨌거나 그녀는 그게 어떤 건지 알 것 같았다. 그래서 할아버지의 말을 희소식으로 받아들였다. 엄마가 그녀에게 사랑을 보여 주지 못하게 막는 것은 바로 질투였다. 그녀는 엄마의 얼굴에서 그것을 수도 없이 봐왔다. 아빠가 〈디안, 내 사랑스러운 아가〉라고 외칠 때, 사람들이 엄마가 아닌 누군가를 예찬할 때면 엄마의 얼굴은 일그러졌다. 악의와 분노가 뒤섞인 표정이 그녀의 아름다움을 갉아먹었다. 그 상태가 얼마간 지속되었고, 그

---

3 출생 후 만으로 두 살이므로 한국 나이로는 네 살 정도.

녀는 숨쉬기조차 힘들어 보였다.

할머니가 다가와 한숨을 쉬며 말했다.

「아이한테 그런 말을 해주는 게 잘하는 일인지 모르겠네요.」

「저도 알고 있었어요.」아이가 말했다.

할머니, 할아버지는 깜짝 놀라 휘둥그레진 눈으로 아이를 쳐다보았다.

그날 저녁, 디안이 집에 돌아오자 아빠가 그녀의 손을 잡고 새 침대를 들여놓은 낯선 방으로 데려갔다.

「이제부터 여기가 네 방이야. 엄마가 아기를 낳게 되면 그 아기가 네 요람에서 잘 거란다. 넌 다 큰 애들처럼 네 침대를 갖게 된 거야. 하지만 아직 아기가 태어나지 않았으니 당분간은 우리하고 지내도 돼.」

「지금부터 이 방에서 자도 돼요?」그녀가 물었다.

「그러고 싶니? 당연히 되지.」

자기 방이 생겨 너무나 기뻤던 디안은 신이 나서 그곳으로 장난감을 옮겼다. 그녀는 아빠가 엄마에게 하는 말을 들었다.

「잘됐어, 디안은 아기를 질투하지 않아.」

그녀는 곰곰이 생각해 보았다. 그러니까 자신도 질투를 할 수 있었다는 뜻이 아닌가. 그것은 여신에게만 일어나는 문제가 아니었다. 그러자 그리 심각한 문제는 아니라는 생각에 한결 마음이 놓였다.

디안은 곧 태어날 아기에 대해서도 생각을 해보았다. 엄마는 자신에게 한 것처럼 아기한테도 질투를 부릴까?

어느 날, 디안이 할머니, 할아버지와 식사를 하고 있는데 전화벨이 울렸다. 할머니가 매우 기뻐하며 〈당장 달려가마〉라고 말하고는 전화를 끊었다.

「네 동생이 태어났어.」할머니가 말했다.

차를 타고 가면서 디안은 그 아기가 남동생일 가능성은 상상조차 해보지 않았다는 사실을 깨달았다. 남동생이라면 뭔가 달라질까?

엄마는 아주 작은 아기를 품에 안고 애정이 듬뿍 담긴 눈으로 쳐다보고 있었다. 아빠가 만면에 웃음을 띤 채 딸을 맞았다.

「내 사랑, 이리 와서 봐, 니콜라야.」

「니콜라!」 할머니가 탄성을 내지르며 말했다. 「사내아이라는 것만 빼고는 디안을 똑 닮았구나.」

「맞아요. 판박이처럼 닮았어요.」 올리비에가 말했다.

〈나도 막 태어났을 때는 저랬단 말이야?〉 디안은 아기를 쳐다보며 속으로 중얼거렸다. 디안은 아기가 잘생겼다고 생각했고 벌써 사랑하기 시작했다. 하지만 니콜라를 눈에 넣어도 안 아플 것처럼 쳐다보는 엄마의 태도는 그녀에게 큰 충격을 주었다. 〈엄마가 니콜라는 질투하지 않네.〉 디안은 생각했다.

「정말 잘생겼구나.」 할머니가 말했다.

엄마는 환한 표정으로 고맙다고 말했다. 디안은 새로운 발견을 했다. 그러니까 엄마는 누가 자기 자식을 칭찬하면 기뻐할 수도 있었다.

디안은 자신의 질문에 대한 답을 얻었다. 그랬다, 아기가 남자아이라는 사실이 모든 것을 바꿔 놓았다. 그런데 이상하게도 그녀는 마음이 아프지 않았다. 그나마 엄마의 질투가 설명이 되어서 좋았다. 그 사실이 그녀를 안심시켰다. 〈나도 남자아이로 태어났어야 했어.〉 디안은 이렇게 생각하지 않았다. 이제 와 아쉬워한들 무슨 소용이 있겠는가? 게다가 자신이 남자아이라면 더 좋았을지 확신할 수도 없었다.

「제가 좀 안아 봐도 돼요?」 그녀가 물었다.

마리는 안전하게 동생을 안아 볼 수 있도록 딸을 자기 곁에 앉혔다. 디안은 마법의 순간을 경험했다. 그녀는 엄마 품에 안기듯이 앉아 꼬물꼬물 움직이는 작고 뜨거운 생명을 느꼈다. 중요한 사람이 이 지구상에 또 하나 생긴 것이었다.

디안은 깊은 생각에 빠져들었다.

첫 번째로 분석할 요소는 엄마가 남자를 선호한다는 사실이었다. 무엇보다 아빠가 남자라는 게 확고한 증거였다. 그뿐만이 아니었다. 그녀가 관찰한 바에 따르면, 여신은 남자와 함께 있을 때 태도가 달라졌다. 몸을 더 꼿꼿하게 했고, 더 활기차면서 부드러웠다. 그리고 아주 놀라운 이야기들을 했다.

두 번째로 짚어 볼 요소는 질투였다. 여자에 대해서만 질투가 발현된다고 말할 수 있을까? 그게 그렇게 단순하지 않았다. 엄마는 이미 아빠에게 불같이 화를 내며 다른 여자들을 쳐다본다고 책망한 적이 있었다. 언젠가 아빠에게 적어도 약국에서는 자신도 그와 다를 바 없이 중요한 역할을 하고 있다고 말하기도 했다. 간단히 말해 질투는 강박적인 경쟁심에서 비롯되었고, 엄마가 단지 여자들하고만 대립하는 것은 아니었다. 정말이지 복잡했다. 질투의 최종적인 목표가 남자와 여자 모두에게서 시샘 어린 눈길을 받는 것이니만큼 더욱 복잡했다. 신기하게도 그 단계에서는 더 이상 남녀 차별이 없었다.

아무리 곱씹어 봐도 결론이 나오지 않았다. 적어도 엄마는 아들을 낳아서 만족스러워했다. 엄마의 행복에 기여하는 일은 모두를 행복하게 했다.

이번에는 산후 우울증 같은 건 그림자도 비치지 않았다. 마리는 사흘 만에 일어섰다. 일주일 후에는 헌신적으로 니콜라를 돌보면서도 약국 일을 다시 시작했다. 산후 휴가는 근로 의욕만 떨어뜨린다며 필요 없다고 장담했다. 그녀는 저녁에 부모님 댁으로 아이들을 데리러 갈 때마다 니콜라에게 달려들어 뽀뽀를 퍼부었다.

어느 날 저녁, 할머니가 마리를 따로 불러 말했다.

「한 아이를 편애하는 건 네 자유다만, 훤히 눈에 보일 정도로 그러지는 마. 디안에게는 너무 가혹한 일이야.」

「설마요! 그 아이는 아무것도 몰라요.」

「그렇지 않아. 디안은 나이에 비해 아주 조숙해. 얼마나 조숙한지 놀라울 정도야.」

「참 나, 디안 얘기만 나오면 너나없이 과장을 해댄다니까.」 마리는 할머니가 이미 본 적이 있는, 질투로 일그러진 표정을 지으며 말했다.

〈여전히 질투하고 있군.〉 할머니는 한숨을 내쉬었다.

하지만 디안은 그 상황을 괴로워하는 것처럼 보이지 않았다. 그녀가 동생에게 마구 뽀뽀를 해대는 걸 본 할머니는 손녀를 아주 대견해했다. 디안은 자신과 엄마 사이에 끼어든 동생을 질투하지 않는 것이 분명했다.

마리는 행복한 것만으로는 만족하지 못했다. 그녀는 자신보다 여건이 안 좋아 보이는 사람들에게 자신의 행복을 과시하고 싶어 했다. 이런 이유로 언니에게 접근해 일요일마다 점심을 같이 먹자며 언니네 가족을 초대했다. 지옥도 선의로 도배가 되어 있다. 마찬가지로 치졸하기 짝이 없는 의도도 진솔한 기쁨의 근원이 될 수 있다. 다정하고 착한 여자인 브리지트는 기뻐하며 남편에게 말했다.

「엄마가 되더니 마리가 한결 나아졌어. 새침하고 까다롭게 굴던 것도 없어지고. 나랑 다시 친하게 지내려 하니 얼마나 좋은지 모르겠어.」

「당신 말이 맞아, 여보. 몰라보게 달라졌어. 밝아졌고 매력적이야.」

브리지트와 함께 있으면 마리는 어느 때보다 환하게 빛을 발하며 끊임없이 이런 생각을 했다. 〈지붕 수리공이랑 결혼한 데다 두 딸도 못생기고 멍청하니 틀림없이 날 죽도록 부러워할 거야!〉 사실 자신의 삶을 사랑하는 브리지트는 동생이 잘 사는 걸 진심으로 기뻐했다. 그녀의 두 딸, 베로니크와 나탈리도 디안과 니콜라를 무척 좋아했다. 남편인 알랭도 올리비에와 죽이 잘 맞았다. 일요일 점심시간은 모두가 즐거운 순간이었다.

디안은 자신보다 두 살이 많은 쌍둥이 사촌 언니들을 잘 따랐다. 통통하게 찐 살이며 입가에서 떠나지 않는 미소까지 꼭 닮은 두 언니는 정말이지 사랑스러웠다. 게다가 매번 초콜릿을 한 상자씩 가져다주는 브리지트 이모는 상냥하기 짝이 없었다.

어느 일요일, 브리지트가 커피를 마신 후 초콜릿이라면 사족을 못 쓰는 조카에게 두 번째 초콜릿을 내밀자 마리가 끼어들었다.

「안 돼, 주지 마. 살쪄.」

「이런, 마리, 디안은 성냥개비처럼 비쩍 말랐어!」브리지트가 말했다.

「앞으로도 그래야 해.」마리가 잘라 말했다.

디안은 엄마의 매몰찬 목소리에 몸서리쳤다. 말 자체도 그리 곱지 않았지만, 그 말을 던지는 까칠한 방식은 더 안 좋았다. 게다가 디안은 그 말이 〈난 내 딸이 즐거워하는 꼴 못 봐〉를 의미한다는 것을 놓치지 않았다. 그녀는 브리지트 이모도 그 사실을 알아차리고 충격을 추스르지 못하는 것을 보았다. 아이는 자신을 대하는 엄마의 냉랭한 태도에 목격자가 생기는 게 싫었다. 자신의 마음속에서 위로가 되는 설명을 찾는 것은 가능하지만 그것을 다른 사람들과 공유하거나 자신의 우주론에 발을 들이게 하는 것은 불가능하기 때문이었다. 그녀의 우주론에 따르면 이런 경우는 이렇게 설명되었다. 〈여신은 날 사랑해. 다만 이상한 방식으로 사랑하는 거야. 그녀는 그 사랑을 나에게 보여 주고 싶어 하지 않아. 왜냐하면 나는 여자니까. 나에 대한 그녀의 사랑은 비밀이야.〉

브리지트 이모는 동생 몰래 조카를 껴안고는 귀에 대고 속삭였다.

「내 손안에 초콜릿이 있어. 아무도 몰래 네 손에 건네줄게.」

「괜찮아요, 이모. 저 먹고 싶지 않아요.」

이모는 더 권하지 않고 의아한 눈길로 아이를 쳐다보았다.

브리지트와 그 가족이 가고 나면 마리는 늘 〈쌍둥이가 살이 더 찐 것 같아, 안 그래?〉 혹은 〈알랭이 걸신들린 사람처럼 먹어 대는 것 당신도 봤지? 집에서는 밥 한 그릇 못 얻어먹는 사람 같더라니까!〉 하고 험담을 늘어놓았다.

올리비에는 이런 험담이 자매 사이에 흔한 애증 관계를 드러낸다고 여겨 그냥 웃어넘겼다.

두 살 반이 되자 디안은 유치원에 다니기 시작했다. 그녀는 무척 신이 났다. 선생님은 상냥했고, 머리를 길게 길러 아주 아름다워 보였다. 또한 여신과 같은 문제가 없어서 여자아이들과 남자아이들을 모두 좋아했고, 그 사실을 거리낌 없이 드러냈다. 디안이 너무나 착해서 선생님은 그녀를 무척 좋아했고, 자주 안아 주었다. 선생님의 품에 안길 때면 디안은 넋을 잃은 채 긴 머리카락이 자신의 뺨을 스치는 느낌을 만끽했다.

보통 수업이 끝나면 할머니가 그녀를 데리러 왔다. 선생님은 그녀의 양쪽 볼에 뽀뽀를 해주고는 〈내일 보자꾸나, 디안〉이라고 말했다. 그러면 아이는 행복감에 젖어 할머니의 품으로 뛰어들었다.

가끔 엄마가 딸을 데리러 오는 경우도 있었다. 두 여신 사이의 권력 이양에는 미묘한 기운이 흘렀다. 선생님은 선뜻 마리에게 다가가 디안에 대한 칭찬을 늘어놓았다. 선생님은 엄마가 입술을 깨무는 것도, 딸의 얼굴이 창백해지는 것도 보지 못했다.

어느 날, 잔뜩 화가 난 엄마가 차 안에서 디안에게 말했다.

「저 여자, 정말 못 참겠어. 다른 유치원을 알아봐야겠다.」

아이가 재치를 발휘해 고자질을 했다.

「식당에서 초콜릿 무스를 더 먹고 싶었는데 선생님이 못 먹게 했어요.」

엄마는 생각을 바꾼 게 분명했다. 더는 다른 유치원 이야기가 나오지 않았으니까.

그사이 니콜라는 쑥쑥 자라서 누나가 걸어온 길을 걸었다. 그는 잘생기고 영리하고 조숙하고 얌전했다. 디안은 동생을 무척 챙기며 하루에도 몇 시간씩 놀아 주었다. 자기가 말이 되어 니콜라를 등에 태우고 달리기도 했다. 그녀가 힝힝거리며 말 울음소리를 내면 어린 동생은 자지러지게 웃어 댔다.

올리비에는 아내에게 이렇게 큰 행복을 줘서 얼마나 고마운지 모르겠다고 말했다. 디안은 질투가 꼭 나쁜 것만은 아니라고 생각했다. 그것이 없었다면 엄마가 아빠를 사랑한다는 것을 어떻게 알 수 있었겠는가? 그 외의 것에 관해서는 어떻게든 엄마를 이해해 보려고 애썼다. 이유가 있는 게 분명했다. 그렇지 않다면 온갖 자질을 갖춘 여신이 어떻게 그리 천박하게 굴 수 있겠는가?

디안은 네 살의 나이에 엄마가 자신의 기대에 걸맞은 삶을 누리지 못해 못마땅해한다는 걸 파악할 정도로 엄마를 사랑했다. 생활이 나아지긴 했지만 그녀는 기껏해야 약사 아내일 뿐이었다. 여왕이 아니라. 남편이 아무리 그녀를 배려하고 사랑해도 그는 왕이 아니었다. 엄마에 대한 사랑이 어찌나 큰지 딸은 자신의 탄생이 엄마에게는 그간 꿈꿔 온 이상의 끝, 즉 체념이라는 것을 알아차렸다. 반면에 니콜라의 탄생은 엄마에게서 아무것도 앗아 가지 않았다. 엄마가 그 아이에게 애정을 드러내는 것은 그 때문이었다.

여신이 자신은 빼먹고 어린 동생만 안아 줄 때도 디안은 고통을 넘어서서 언젠가는 여왕이 되리라고, 개인적인 야심 때문이 아니라 엄마에게 왕관을 바치기 위해, 그럼으로써 자신의 삶이 별 볼 일 없다고 여기는 엄마를 위로하기 위해 그리되리라고 결심했다.

매일 밤, 디안은 엄마가 니콜라를 임신했을 때 베풀어 준 숭고한 포옹을 떠올렸다. 어떻게 자신을 끌어안아 주었는지, 어떤 사랑의 말을, 어떤 목소리로 해줬는지 되새겼다. 그 기억으로 그녀는 행복에 휩싸였다. 그후로는 엄마가 단 한 번도 그런 적이 없어서 마음이 아프긴 했지만, 그 포옹을 둘러싸고 이러한 신화를 구축했기 때문에 그녀는 왕좌까지 올라가는 데 필요한 열의와 에너지를 길어 낼 수 있었다.

니콜라도 유치원에 입학을 했다. 그의 첫 선생님은 그가 누나를 많이 닮았다는 것을 알고는 크게 기뻐했다. 디안은 이렇게 왕가의 계보가 이어지는 듯한 현상을 마음에 들어 했고, 당연히 그것이 계속되리라고 생각했다.

엄마가 또다시 임신을 했다.

니콜라는 엄마 배 속에 멜론이 들었다고 했다. 디안이 그게 어떤 일인지 설명해 주었다.

「누나는 어떻게 알아?」

「네가 엄마 배 속에 있을 때를 기억하니까.」

디안은 남동생이 태어나게 해달라고 남몰래 기도했다. 아기를 비롯해 모두에게 더 좋은 일일 테니까. 엄마도 더 행복해할 터였다. 니콜라가 태어났을 때 엄마는 환하게 빛을 발하지 않았던가.

여동생이 태어날 가능성도 배제할 수 없었기에 디안은 이런저런 전략을 마련했다. 그녀는 엄마의 냉대를 받을 가엾은 여동생을 애정으로 감싸 위로해 줄 생각이었다. 그 불행한 아이가 대번에 언니처럼 영혼의 힘을 발휘하리라고 기대할 수는 없기 때문이었다. 게다가 머지않아 태어날 아이는 오빠에 대한 엄마의 편애를 견뎌 내야만 할 터였다. 그 아이가 어떻게 그런 부당함을 견뎌 낼 수 있겠는가?

아이들은 자신이 누구에게 기도하는지 딱히 알지 못해도 기도를 한다. 그들은 성스러운 것은 아니더라도 적어도 초월적인 것에 대한 막연한 직관을 지니고 있다. 디안의 부모와 조부모는 신을 믿지 않았다. 그래도 다른 사람들의 이목 때문에 미사에는 참석했다. 디안은 할머니에게 성당에 데려가 달라고 졸랐다. 할머니는 그것을 정상적인 반응이라고 여겨 아무것도 묻지 않았다.

디안은 신부님의 말씀을 귀담아들어 보려고 애썼다. 하지만 곧 그게 무슨 말인지 도무지 이해할 수 없다는 것을 깨달았다. 어쨌거나 그녀는 두 손을 모으고 남자아이가 태어나게 해달라고 하느님에게 간청했다. 할머니는 사위에게 디안을 데려다주며 말했다.

「올리비에, 자네 딸이 내가 한 번도 본 적이 없을 정도로 열렬하게 기도했다네.」

아빠가 웃음을 터뜨렸다. 아이는 부끄러웠다.

저녁 식사 시간, 올리비에가 마리를 위해 달걀 반숙을 준비했다. 그녀가 인상을 찡그렸다.

「뭐야, 디안을 가졌을 때는 내내 먹고 싶어 했잖아.」

「그랬지. 그런데 지금은 보기만 해도 속이 메스꺼워.」

디안은 기뻤다. 배 속의 아기가 여자아이가 아니라는 증거가 아니겠는가.

「좋아. 이 달걀 먹고 싶은 사람?」 아빠가 물었다.

「제가 먹을래요.」 디안이 말했다.

그녀는 그 경험이 무척이나 마음에 들었다. 달걀은 완숙인 줄 알았는데 웬걸, 먹다 보니 노른자가 흘렀다. 노른자는 평범한 노란색보다 한없이 더 아름답고 따뜻한 색깔이었다. 〈엄마가 날 가졌을 때 이걸 계속 먹었어.〉 디안은 황홀해하며 속으로 되뇌었다. 그래서 그 음식이 그녀에게 그런 효과를 일으키는 걸까? 그녀는 기쁨과 감동으로 몸을 떨었다.

「이건 제가 가장 좋아하는 음식이에요.」 그녀가 선언

했다.

그녀의 상상력은 이 두 가지 새로운 경험을 결합했다. 할머니를 따라 또다시 미사에 참석했을 때 성당은 마치 거대한 달걀 반숙처럼 보였고, 열렬하게 기도를 하면 성당의 중심, 다시 말해 신이 노른자처럼 자신 안으로 흘러드는 것 같았다. 자신의 내면이 그 마술의 색깔로 가득 채워진 듯했다. 그 후로 아빠가 자주 삶아 준 달걀 반숙을 맛보면서 디안은 흰자부터 먹었다. 터지기 쉬운 노른자는 마지막까지 접시에 그대로 남겨 둔 채 찬탄의 눈길로 바라보기만 했다. 그것은 신이었다. 퍼지지 않았으니까. 그녀는 그 기적을 파괴하지 않기 위해 숟가락을 달라고 했고, 한꺼번에 떠서 입에 넣었다.

6월에 선생님이 할머니에게 디안 정도면 초등학교에 입학해도 되겠다고 말했다.

「다섯 살 반에 초등학교 준비반에 들어가는 게 처음은 아니지만 디안은 정말이지 착하고 영리해요.」

그때 할아버지가 아주 감격한 표정으로 그들을 데리러 와서는 방금 아기가 태어났다고, 어서 병원으로 가야 한다고 알렸다.

「남동생이에요, 여동생이에요?」 니콜라가 물었다.

「여동생이란다.」

차가 달리는 동안 디안은 불안으로 심장이 굳는 것을 느꼈다. 그녀는 불쌍한 여동생을 위해 기도했고, 허사가 되어 버린 기도에 대해서도 생각했다. 그토록 열렬하게 기도를 했건만 신이 셋째에게 성(性)을 부여할 때 실수하는 것은 못 막지 않았는가.

모든 것이 예상과는 달랐다. 엄마는 행복해할 뿐만 아니라 황홀경에 빠져 있었다. 그녀는 예수를 치켜든 성모 마리아처럼 볼이 통통한 아기를 안아 들고 그들에게 소개했다.

「셀리아예요.」

늘 깃털처럼 가벼웠던 언니, 오빠와 달리 셀리아는 광고에 나오는 아기들만큼이나 포동포동했다.

「정말 예쁜 아기구나!」 할머니가 말했다.

「그렇죠?」 마리가 아기를 품에 꼭 끌어안으며 말했다.

디안은 뭔가 앞뒤가 안 맞는다고 느꼈다. 물론 니콜

라가 태어났을 때도 엄마는 행복해했고 아기를 사랑하기는 했다. 그런데 이번에는 셀리아에 대한 사랑이 넘쳐흘러 기쁨을 주체하지 못했다. 마치 아기를 잡아먹을 듯 뽀뽀를 해대면서 정신이 반쯤 나간 사람처럼 〈오, 내가 널 얼마나 사랑하는지!〉, 〈내 금쪽같은 아기!〉를 연발했다.

그 장면은 외설스러웠다.

니콜라가 엄마한테 다가가서 여동생에게 뽀뽀를 해도 되는지 물었다.

「그럼. 하지만 조심하렴, 아프게 하면 안 된단다. 아기는 연약해서 다치기 쉬우니까.」

아빠, 할머니, 할아버지는 그 장면을 흐뭇한 눈길로 바라보았다. 온몸이 뻣뻣하게 굳은 디안이 눈꺼풀조차 움직이지 못한 채 뒤로 물러서는 것을 아무도 알아차리지 못했다. 큰 충격으로 말문이 막힌 그녀는 줄 수 있다면 세상 무엇이라도 주었을 엄마에게 침묵으로 말했다.

〈엄마, 난 모든 걸 받아들였어요. 늘 엄마 편이었고, 엄마의 잘못인 게 명백해도 엄마 손을 들어 줬어요. 엄마가 삶에 더 큰 기대를 품었다는 걸 알고 엄마의 질투를 참아 냈고, 다른 사람들의 칭찬 때문에 날 미워해도, 나에게 그 대가를 치르게 해도 견뎌 냈어요. 엄마가 니콜라에게만 애정을 보이고 나에게는 눈곱만큼도 베풀지 않아도 그러려니 했어요. 그런데 이건 아니에요. 지금 엄마가 내 앞에서 하는 행동은 최악이라고요. 딱 한 번, 엄마가 나에게 사랑을 표현한 적이 있었죠. 그때 난 세상에 그보다 더 좋은 건 없다는 걸 알았어요. 내가 딸이라서 엄마가 사랑을 드러내지 않는다고 생각했어요. 그런데 지금 내 눈앞에서 엄마가 여태껏 보여 준 것 중에 가장 깊은 사랑을 퍼붓는 대상은 여자예요. 세상에 대한 나의 설명이 무너지고 있어요. 이제는 엄마가 나를 거의 사랑하지 않는다는 것을 알아요. 나는 안중에도 없으니 저 아기에 대한 터무니없는 열정을 숨길 생각조차 하지 않는 거겠죠. 엄마, 사실 엄마에게 부족한 점이 있다면 바로 눈치가 없는 거예요.〉

그 순간 디안은 아이에 머무르기를 멈추었다. 그렇다고 해서 어른이나 사춘기 소녀가 된 것은 아니었다. 고작 다섯 살이었으니까. 그 상황은 그녀 자신의 내부에 구렁을 만들었고, 그녀는 구렁에 빠지지 않으려고 무진

애를 쓰는 환멸에 빠진 존재로 변했다.

〈엄마, 나는 엄마의 질투를 이해해 보려고 노력했어요. 그런데 그 보답으로 엄마는 내 앞에 구렁을 파놓았어요. 마치 엄마가 빠진 그 구렁에 나도 빠트리고 싶다는 듯이. 하지만 성공하지 못할 거예요. 나는 엄마처럼 되지 않을 테니까요. 그렇지만 구렁에 빠지지 않고도, 구렁이 부르는 소리를 느끼는 것만으로도 비명이 터져나올 정도로 아파요. 마치 주변의 공허가 날 물어뜯는 것 같아요. 엄마, 나는 엄마의 고통을 이해해요. 다만 이해할 수 없는 건 엄마가 날 조금도 배려하지 않는다는 사실이에요. 엄마는 나와 고통을 나누려 하지 않아요. 내가 힘들든 말든 엄마한테는 마찬가지예요. 보이지도 않거니와 안중에도 없죠. 그게 가장 가슴이 아파요.〉

디안은 속마음을 감춰야만 했다. 그녀는 셀리아에게 가능한 한 다정하게 뽀뽀를 해주었다. 그렇게 그녀의 어린 시절이 끝났다는 것을 아무도 알아차리지 못했다.

그해 여름은 지옥이었다. 방학이라 학교에 가서 기분을 풀 수도 없었다. 디안은 매일 치욕을 삼키면서, 셀리아를 품에 안고 재잘거리며 아침을 먹으러 내려오는 엄마와 대면해야 했다. 매 순간 가슴에 파인 구렁에 빠지지 않기 위해 싸워야 했고, 넘쳐 나는 모성애에 책임이 없는 아기를 미워하지 않으려고 애써야 했다. 아기가 재롱을 피우는 꼴이 눈꼴시긴 했지만, 그녀가 그 입장이었다면 역시 그렇게 하지 않았으리라고 누가 장담할수 있겠는가! 주변의 눈길은 눈곱만큼도 의식하지 않은채 아기에게 지나친 애정을 쏟는, 늘 잔인할 정도로 눈치가 없는 엄마를 미워하지 말아야 했다.

디안은 그간 자신이 비인간적인 상황도 이해할 수 있다는 것을 여러 차례 입증했다. 엄마가 남동생을 편애하는 것도 이례적일 만큼 너그러운 마음으로 받아들였다. 대개 아이들은, 특히 첫째일 경우에는 엄마의 마음 속에서 첫 번째 자리를 차지하지 못하는 것을 받아들이기 힘들어한다. 하지만 마리는 보란 듯이 과장해 가며 디안의 고결한 마음을 무참히 짓밟아 버렸고, 디안은 엄마를 결코 용서할 수 없었다.

8월 중순, 더는 견딜 수 없었던 디안은 할머니에게 자신을 데려가 달라고 간청했다.

「무슨 일 있니, 아가?」 할머니가 물었다.

디안은 아무 대답도 할 수 없었다. 할머니는 손녀의 눈을 똑바로 쳐다보았고, 뭔가 안 좋은 일이 있다는 것을 알아차렸다. 그녀는 디안을 깊이 사랑했기 때문에 더 이상 캐묻지 않았다. 하지만 마리가 너무나 쉽게 자신에게 큰딸을 내맡기는 것을 보고 많은 것을 짐작했다.

머지않아 니콜라도 뭔가가 잘못되어 가고 있다는 것을 깨달았다. 엄마는 여전히 그를 사랑했지만 셀리아에게 퍼붓는 열정적인 사랑에는 비할 바가 못 되었다. 디안이 할머니에게 자신을 맡아 달라고 요청했다는 것을 알게 된 그는 누나에게 〈엄마가 셀리아를 코코넛 케이크처럼 먹어 치우는 것을 막기 위해〉 집에 남겠다고 선언했다.

그것은 단순한 비유가 아니었다. 셀리아에 대한 마리의 지나친 사랑은 13세기의 성녀들이 성체를 받아먹으며 느꼈을 황홀감을 떠올리게 했다. 한마디로 성스러운 식탐과 같았다.

올리비에는 맏딸이 외가에 가서 지내고 싶다고 하는데도 그다지 걱정을 하지 않았다. 디안이 할머니, 할아버지를 무척 따른다는 것을 알고 있었고, 어쨌든 매주 주말을 보내러 집으로 돌아올 테니까. 그는 셀리아에 대한 마리의 열정을 공유했다. 마리처럼 잠깐이라도 떨어지면 못 사는 방식은 아니었지만 막내를 특별히 예뻐하기는 매한가지였다. 아내가 막내를 품에 안고 있으면 그는 떼어 놓을 수 없는 둘을 끌어안으며 자신도 그 안에 녹아들었다.

그는 세 아이를 깊이 사랑하고 그들에게 애정을 표현

한다는 점에서는 좋은 아빠였다. 하지만 아내를 너무나 사랑해서 그녀의 결점, 그로 인해 디안이 겪게 되는 고통을 보지 못했다. 그는 집 안에서 벌어지는 괴상망측한 일이 그럴듯하고 합리적으로 보이도록 설명하는 방법을 늘 찾아냈다.

그는 자기 어머니가 큰 손주는 왜 외가에서 지내느냐고 물으면, 그 덕분에 아기를 돌보느라 할 일이 너무나 많은 마리의 양육 부담을 덜고 있다고, 디안은 늘 외할머니, 외할아버지와 특별한 관계를 맺어 왔다고 대답했다. 그러고는 그 애가 이제 다 커서 벌써 자립 의지를 드러내고 있다고 덧붙였다.

이번에는 그의 아버지가 마리가 니콜라를 출산했을 때는 금세 출근을 하더니 지금은 약국에서 아예 얼굴을 보기조차 어렵다며 놀라워하자 이렇게 대답했다.

「마리는 더 이상 아이를 안 가질 거래요. 아기를 돌보는 게 이번이 마지막이라는 생각이 드는지 만사를 제쳐두고 그 일에 전념하고 싶어 해요.」

〈아기를 돌보다〉, 마리의 행동은 이 우스꽝스러운 용어로 표현하기에는 너무 과했다. 그녀가 밤마다 마지못

해 아기를 요람에 눕힌 것은 오로지 이러다 구설수에 오르지 않을까 하는 두려움 때문이었다. 그것만 아니었다면 기꺼이 아기를 데리고 잤을 것이다. 그녀는 아침마다 아기에 대한 강박을 느끼며 잠에서 깨어났다. 그때마다 작은 요람으로 부리나케 달려가 애정으로 신음하며 〈오, 나의 초콜릿 크루아상, 오, 나의 따끈따끈한 브리오슈〉라고 중얼거렸다. 그러고는 아기를 잡아먹을 듯이 탐욕스러운 뽀뽀를 퍼부었다. 그 식탐은 결코 고갈되지 않았다. 마리는 커피를 마실 때도 틈틈이 다른 사람들이 담배를 빠는 것처럼 막내딸의 뺨을 조금씩 갉아 먹었다. 그녀는 디안이 태어났을 때 선물로 받았지만 한 번도 사용하지 않았던 캥거루 포대기로 셀리아를 감싸 안고 무엇을 하든 온종일 끼고 살았다. 사랑하는 아이를 항시 배로 느낄 수 있게 해주는 그 포대기를 그녀는 무척 애용했다.

다만 이상하게도 그녀는 셀리아에게 모유를 먹이지 않았다. 디안이나 니콜라에게도 모유를 먹일 생각은 해본 적이 없었지만 셀리아의 경우에는 잠시 생각을 해보기는 했다. 하지만 1977년에 모유를 먹이는 것은 현대적인 어머니라는 자신의 이미지를 퇴색시킬 것 같았고, 셀리아도 그런 낡은 양육 방식을 창피해할 것 같았다.

캥거루 포대기는 정말이지 멋진 발명품이었다. 육아를 감당하지 못하는 엄마로 보일까 봐 두렵지만 않았다면 그녀는 셀리아를 포대기로 감싸 안고 약국 일을 다시 시작했을 것이다. 모든 일을 통제하는 것처럼 보이는 게, 완벽한 여자로 보이는 게 그녀에게는 중요했다.

그렇기는 해도 셀리아가 구원의 한 형태라는 사실에는 변함이 없었다. 셀리아를 품에 안으면 그녀는 마침내 외부의 시선으로 자신을 바라보기를 멈추었다. 셀리아에 대한 모성애가 터무니없을 만큼 지나치기는 해도 그 덕분에 그녀는 세상만사를 그것이 불러일으킬 수 있는 선망의 각도에서만 바라보는 태도에서 벗어날 수 있었다.

2년 반이 지나 셀리아가 유치원에 입학하고 나서야 마리는 약국 일을 다시 시작했다. 언니와 오빠가 이상적이고 얌전하고 사려 깊은 학생이었던 만큼 막내 셀리아는 어떠한 제약도 견뎌 내지 못하는 문제아인 것으로

드러났다. 선생님이 그에 대해 언급해도 마리는 어깨를
으쓱할 뿐이었다.

어느 날, 셀리아가 교실 바닥을 데굴데굴 구르고 악
을 쓰며 생떼를 부리자 선생님은 한창 수업 중인 디안
에게 도움을 청할 생각을 해냈다. 디안은 무엇이 문제
인지 곧바로 파악하고 옛 선생님을 따라나섰다. 그녀는
야생 동물이나 다름없는 상태에 있는 막냇동생을 발견
하고는 결연한 걸음걸이로 다가갔다.

「셀리아, 그만해. 넌 더 이상 아기가 아냐. 학교에서
는 이런 식으로 행동하면 안 돼.」

셀리아는 즉시 복종했다. 그 후로 셀리아가 떼를 쓸
때마다 선생님은 디안에게 도움을 청했다.

셀리아는 너무나 진지하고 아름다운 여덟 살배기 큰
언니를 우상처럼 숭배했고, 디안도 지혜로 가득한 언니
의 너그러운 권위 뒤에 감추긴 했지만 응석받이 막내에
대해 짜증 섞인 애정을 품고 있었다.

그녀는 니콜라와 자주 그 이야기를 나눴다.

「넌 주중에도 그 애와 함께 있으니까 망설이지 말고
나서서 오빠 역할을 하도록 해. 엄마가 미친 듯이 사랑

하는 게 그 애 잘못은 아니잖아.」

「그 애 잘못이 아니라고? 난 생각이 다른데?」

「그 앤 다른 걸 겪어 본 적이 없어.」

　말은 그렇게 해도 디안은 집에서 주말을 보낼 때 자신의 감정을 통제하기가 무척 힘이 들었다. 엄마의 품에 안겨 사랑을 듬뿍 받는 셀리아를 볼 때마다 그녀는 한때 자신의 여신이었던 여자의 포옹을 떠올리며 마음속에서 절망의 구렁이 다시 열리는 것을 느꼈다.

디안은 일요일 정오마다 구원을 가져다줄 이모의 도
착을 애타게 기다렸다. 그러다가 저녁이 되어 할머니,
할아버지 집으로 돌아가면 그제야 편하게 숨을 쉴 수
있었다. 시련이 끝났으니까. 그녀는 그 피난처에서 다
시 평범한 생활을 시작할 수 있었다.

훌륭한 학생이었던 그녀는 선생들 사이에서나 학생
들 사이에서나 평판이 아주 좋았다. 같은 반 아이들과
잘 지냈고, 사이가 안 좋은 앙숙도 죽고 못 사는 친구도
없었다. 이 균형 잡힌 여자아이는 자신의 상처를 잘 감
추었다.

이로 인해 그녀는 어떤 의도에서 비롯된 것은 아니었

지만 진정한 친구를 사귈 수 없었다. 그녀는 또래 아이들의 행동을 유심히 관찰했다. 그들은 서로 속내를 털어놓고, 번갈아 집을 방문해 같이 자고, 가끔은 친한 친구의 품에 안겨 눈물을 흘리기까지 했다. 디안은 그런 행동이 자신에게 허용될 수 없는 만큼 마뜩잖게 보았다. 그녀가 어떻게 아무에게나 자신의 비밀을 털어놓을 수 있었겠는가?

할아버지가 그 문제에 함께 접근해 보려고 했다.

「디안, 네 엄마는 변덕이 죽 끓듯 하는 아이였단다. 학교에서는 성적이 안 좋았고, 주의가 산만해 여러 차례 지적을 받기도 했지. 집에서는 도무지 알 수 없는 이유로 토라져 몇 시간 동안 말을 안 하기도 했단다. 그런 애가 반에서 늘 일등인 데다 항상 웃으며 모두의 사랑을 받는 너에게서 어떻게 자기 모습을 발견할 수 있겠니?」

디안은 아무 대답도 하지 않았다. 그녀의 고통이 설명을 한다고 잦아들까? 엄마는 자신의 잔인함을 의식하지 못했다. 오히려 자신이 아주 좋은 엄마라고 확신하는 것처럼 보였다. 마리는 〈절 아시잖아요, 전 누구에게나 공정하고 싶어요〉 또는 〈아이들에 대한 사랑이 무엇보다 먼저죠〉 같은 말을 아무렇지 않게 떠벌리는 평범한 사람들의 특징을 갖고 있었다. 디안은 엄마가 그런 말을 할 때 표정을 관찰했다. 엄마는 자신이 말하는 것을 철석같이 믿는 눈치였다.

디안은 내심 사람들이 모두 미쳤다고 생각했다. 할머니와 할아버지는 알 수 없는 이유로 그 집단적인 광기에서 제외되었다. 그녀는 결국 아빠와 남동생조차도 그 부류에 속한다고 여겼다. 아빠는 엄마의 태도에서 병적인 것을 전혀 보지 못했고, 남동생은 거기에 적응했으니까. 물론 다른 사람들이 관여할 문제는 아니었지만 어떻게 그들조차 학교에 갈 때를 제외하고는 셀리아를 한시도 곁에서 떼어 놓지 않는 그 여인을 보고 놀라지 않을 수 있었을까? 올리비에는 아내에게 네 살이나 먹은 아이를 품에 안고 다녀서는 안 된다고 말하는 것으로 만족했다.

「그러면 당신 허리에 안 좋아, 여보.」

사실 디안은 엄마가 그 지적을 받아들인 게 몹시 아쉬웠다. 엄마가 계속 다 큰 아이를 공공연히 안고 다녔다면, 그 행동이 비정상적이라는 것을 사람들이 알아차렸을 테니까.

그 생각을 읽기라도 했는지 할머니가 말했다.

「어쩌겠니, 네 엄마의 집착이 누군가 개입을 해야 할 만큼 심하지는 않으니. 너나 셀리아에게 좋은 엄마는 아니지만 말이다. 이런 경우에는 법도 할 수 있는 게 없단다.」

더욱이 니콜라가 엄마의 정신 건강을 증명하는 역할을 했다. 마리가 그 아이에게는 아주 정상적인, 다시 말해 자상하고 절제된 엄마처럼 행동했으니까. 그토록 균형 잡힌 아이를 키워 낸 가정 환경을 어떻게 유해하다고 규정할 수 있었겠는가?

디안이 집으로 돌아가는 금요일 저녁, 아빠는 그녀를 〈나의 공주님〉이라 부르며 반갑게 맞아 주었다. 니콜라는 그녀에게 농구화, 만화책, 레고 같은 자신의 새로운 보물들을 자랑 삼아 보여 주었다. 하지만 엄마는 〈그래, 너 왔구나〉라고 웅얼거리고는 자신의 위성, 셀리아를 대동한 채 하던 일을 계속했다. 셀리아는 언니를 숭배

했지만 엄마 앞에서는 감히 티를 내지 못했다.

디안이 이것저것 물어 대면 니콜라는 어깨를 으쓱하며 말했다.

「엄마가 셀리아를 끼고 사는 게 어디 하루 이틀이야? 그것 말고는 별일 없어.」

「내가 없을 때, 나에 대해서는 뭐라고 하셔?」

「엄마는 누나 얘긴 절대 안 해.」

셀리아가 여섯 살이 되자 올리비에는 막내딸을 계속 데리고 잘 순 없다고 선언했다. 그들은 디안의 방에 침대를 하나 더 들여놓고는 셀리아를 그곳에서 자게 했다.

디안은 셀리아와 한방을 쓰는 게 싫었지만 어쩔 수가 없었다. 셀리아와 함께한 첫날 밤은 끔찍했다. 무엇보다 엄마와 막내 사이의 눈물겨운 작별 인사를 견뎌 내야만 했다. 「아니라니까, 널 버리는 게 아니라고. 밤에만 떨어져 지내는 거야. 잠이 들면 금세 지나가. 너도 이제 다 컸으니 더 이상 엄마, 아빠랑 같이 잘 순 없단다. 언니가 널 보살펴 줄 거야.」 엄마와 아이의 눈물로 얼룩진 이 작별 인사는 열 번도 넘게 반복되었다.

결국 올리비에가 와서는 아이들이 이제 그만 자야 한다며 아내를 달래 데리고 갔다. 디안이 엄마한테 잘 자라는 말 한마디 듣지 못했다는 것을 굳이 밝힐 필요가 있을까?

디안과 단둘이 남게 되자 셀리아는 언니의 침대로 뛰어들었다.

「이제 언니가 날 보살펴 줘야 한다고 엄마가 그랬어.」

「난 잘 거니까 귀찮게 하지 마.」

「내가 소리 내어 울면 엄마가 와서 언니를 야단칠 거야.」

「어디 한번 울어 보지그래.」

생소하기 그지없는 단호함에 감탄한 셀리아가 디안을 끌어안으며 말했다.

「난 언니가 좋아.」

「너 뭐 잘못 먹었니?」

「왜 주중에는 외할머니네에 가 있는 거야? 난 언니가 너무 좋아. 언니가 계속 여기 있으면 더 좋을 텐데.」

「퍽이나!」

「아냐, 정말이야. 엄마는 날 너무 사랑해. 잠시도 가만히 내버려 두질 않아.」

「너도 그걸 좋아하잖아. 그래서 어리광을 부리는 거고.」

「어떻게 해야 할지 몰라서 그러는 거야.」

그 말에서 진심을 느낀 디안은 동생을 향해 돌아누웠다.

「네가 엄마한테 말해야 해, 그러지 말아 달라고.」

「하지만 나도 엄마를 사랑하는걸.」

「물론이지. 엄마를 사랑하니까 그렇게 말해야 하는 거야. 널 가만히 내버려 둬야 한다고, 엄마가 뽀뽀를 퍼붓는 통에 미쳐 버리겠다고, 네가 자라는 걸 엄마가 막고 있다고 말해 줘야 해.」

「언니가 말해 줘.」

「내가 말하면 엄마는 이해하지 못할 거야. 네 입으로 말을 해야 해.」

「언제 말해?」

「엄마와 단둘이 있을 때. 자, 이제 네 침대로 돌아가.」

「제발, 오늘 밤만 언니랑 같이 자면 안 돼?」

「좋아. 오늘 밤만이야.」

셀리아는 몸을 웅크리고 디안의 품에 파고들었다. 디안은 마음 한구석이 짠했다. 셀리아가 사랑스럽다는 것은 인정해야 했다. 그녀는 셀리아를 껴안고 잠이 들었다.

이튿날 아침, 엄마가 목욕을 시키기 위해 셀리아를 불렀다. 디안은 셀리아가 그 기회를 이용해 엄마에게 말을 할 거라고 예상하고는 문 뒤에 숨어 엿들었다.

「엄마, 엄마는 날 좀 가만히 내버려 둬야 해요.」

「가만히 내버려 두다니, 그게 무슨 소리니?」 깜짝 놀란 목소리로 마리가 물었다.

「엄마는 날 좀 가만히 내버려 둬야 해요. 시도 때도 없이 뽀뽀를 해서 날 곤란하게 만든다고요.」

「내가 뽀뽀하는 게 싫으니?」

「싫진 않지만 너무 많이 해요.」

「미안하구나, 얘야.」 엄마가 울 듯한 목소리로 대답했다.

디안은 숨을 참았다. 그녀의 조언이 통했던 것이다!

그런데 그 순간 셀리아가 말했다.

「엄마한테 이렇게 말하라고 디안 언니가 시켰어요.」

「아! 이제 이해가 되는구나. 네 언니는 그냥 질투가
나서 그런 거란다.」

「언니가 왜 질투를 해요?」

「내가 너한테 하는 것만큼 뽀뽀를 안 해주니까.」

「엄마는 왜 언니한테는 그만큼 뽀뽀를 안 해줘요?」

「네 언니는 쌀쌀맞으니까. 늘 그랬단다. 내가 뽀뽀를
해주는 게 정말 싫으니?」

「아뇨, 엄마, 너무 좋아요.」

엄마와 막내의 대화를 들을 만큼 들은 디안은 얼굴을
잔뜩 일그러뜨린 채 방으로 돌아갔다. 그녀는 침대에
걸터앉아 생각했다. 〈내가 질투를 부린다고? 완전히 거
꾸로 됐어! 엄마, 내가 쌀쌀맞게 구는 건 엄마가 나한테
그런 식으로 행동하게 강요했기 때문이에요.〉

디안은 열한 살의 나이에 자신의 세계가 무너져 내리
는 것을 느꼈다. 그녀가 그때까지 버틸 수 있었던 것은
엄마가 자신의 고통을 모른다고 믿었기 때문이었다. 그
런데 엄마는 오히려 그녀가 쌀쌀맞고 애정이 없다고 여

긴다는 사실을 발견했다. 〈나한테 애정이 없다니!〉 그에 비하면 질투를 부린다고 비난하는 것은 거의 우스꽝스럽기까지 했다. 이렇게 부당한 감정에 짓눌린 채 어떻게 계속 살아갈 수 있을까?

그녀는 그 토요일의 나머지 시간을 좀비처럼 보냈다. 밤이 되자 셀리아가 또다시 그녀의 침대로 기어들었다. 디안은 꼼짝도 하지 않았다.

「엄마한테 말했어.」

「알아, 나도 들었어.」

「문 뒤에서 엿듣는 건 나쁜 짓이야.」

「네 말이 맞아. 어서 가서 엄마한테 일러바쳐.」

「엄마가 뭐랬냐면…….」

「나도 알아. 내가 시켰다고 말한 건 바보짓이었어, 셀리아. 넌 거짓말을 했어. 네가 먼저 나한테 징징댔잖아. 난 이제 널 신뢰할 수 없어.」

「신뢰가 뭐야?」

「네가 나한테 심어 주지 못하는 거. 네 침대로 돌아가.」

셀리아는 훌쩍거리며 자기 침대로 돌아갔다. 디안은

자기가 좀 심했다는 생각이 들었다. 여섯 살밖에 안 된 아이가 이 일에서 무엇을 이해할 수 있겠는가? 하지만 그녀는 막내의 사정 따위에는 관심을 둘 수 없을 정도로 마음이 아팠다.

며칠 후, 학교에서 돌아오던 디안은 공사장을 둘러 가려고 차도로 내려갔다. 그때 트럭 한 대가 그녀를 향해 곧장 돌진해 왔다. 트럭을 본 그녀는 마치 홀린 사람처럼 피하지 않고 그대로 서 있었다. 트럭이 급하게 멈춰 섰지만 그녀는 이미 차에 치여 쓰러진 후였다. 겁에 질린 트럭 운전사는 주변에 도움을 요청했다. 운전사는 디안이 심각한 부상을 입지 않은 것에 안도하면서도 어린것이 이상한 반응을 보였다며 구급대원들에게 하소연했다.

병원의 연락을 받은 사람은 올리비에였다. 그는 정신 나간 사람처럼 달려와 딸을 품에 안았다.

「애야, 무슨 일이 있었던 거니?」

디안은 겁이 나서 몸이 굳어 버렸다고, 미처 인도로 피할 시간이 없었다고 말했다.

「앞으로는 이런 일이 일어나지 않게 조심하겠다고 약속하렴.」

의사가 곁에 서서 그들의 대화를 지켜봤다. 올리비에가 딸을 데려가도 되느냐고 묻자, 그는 하루 더 두고 지켜보는 게 낫겠다고 대답했다. 올리비에가 가고 나서 의사가 어린 환자의 상태를 살펴보려고 다시 찾아왔다. 그는 단도직입적으로 말을 해도 될 만큼 아이가 영리하다고 느꼈다.

「넌 살고 싶은 거니, 아니면 죽고 싶은 거니?」 의사가 심각한 표정으로 물었다.

디안은 깜짝 놀라 눈을 휘둥그레 떴다. 그 질문이 진정성 있는 대답을 요구한다고 느낀 그녀는 생각에 잠겼다. 잠시 후, 그녀가 대답했다.

「살고 싶어요.」

의사는 곰곰이 생각해 본 후에 말했다.

「네 말을 믿으마. 내일 퇴원해서 집으로 돌아가렴.」

디안은 병실에 누워 그 대화를 곱씹으며 그날 밤을 보냈다. 의사는 그녀에게 단 하나의 질문을 했다. 그녀가 감히 자신에게 던지지 못했던 질문이었다. 그는 부녀의 짧은 대화에 귀를 기울이고 그녀를 관찰하는 것만으로 사태의 전모를 파악했다. 그리고 단 하나의 질문으로 그녀의 운명을 바꿔 놓았다. 디안이 살기로 결심했을 뿐만 아니라 마침내 하나의 목표, 그 아저씨의 직업을 갖겠다는 목표를 세웠던 것이다.

그랬다, 그녀는 의사가 되기로 결심했다. 사람들을 유심히 관찰하고 주의 깊게 귀를 기울임으로써 그녀는 그들의 육체와 영혼을 헤아릴 것이다. 그 의사처럼 몇 마디 말로 마음의 상처를 정확하게 짚어 고통에 허덕이는 사람들을 구할 것이다. 그녀가 내리는 전광석화 같은 진단은 사람들을 놀라게 할 것이다.

열한 살의 나이에 삶의 목표를 발견하게 되면 모든 것이 달라진다. 어린 시절을 잃어버린다 한들 뭐가 그리 대수인가? 그녀는 어서 성인이 되어 의사라는 숭고한 지위를 얻고자 했다. 삶이 중요한 뭔가를 향해 나아갔다. 이제 부조리한 고통을 견뎌 내는 게 문제가 되지 않았다. 그녀가 겪는 고통조차 환자들의 고통을 밝혀내는 데 도움이 될 수 있으니까. 다만 그녀가 해야 할 일은 자라는 것이었다.

중학교에 진학한 디안은 반 아이들이 첫사랑에 빠져 드는 것을 지켜봤다. 여러 해 동안 함께 공놀이를 하며 놀았던 소년, 소녀들이 하루가 다르게 서로를 다른 눈으로 바라보기 시작했다. 처음에는 복음의 진리처럼 쉽게 설명될 수 있는 관계들이 맺어졌다. 그러다가 결별이 시작되면서 모든 게 복잡해졌다. 마음을 아프게 하는 건 사랑 이야기가 끝났다는 사실이 아니라 결별한 연인이 다시 사랑에 빠지는 속도였다. 모두가 상처를 입지 않으려고 자신의 연애사를 감췄다. 상황이 가면무도회처럼 변해 갔다. 도대체 누가 누구와 사귀는지 알수 없었다.

온갖 소문이 돌기 시작했다. 누가 누구와 사귀는 거지? 아이들은 남자애 아무개가 여자애 아무개와 입 맞추는 것을 보았노라고 확신했다. 그랬다, 하지만 그건 어제 일이었다. 그사이 다리 아래의 강물은 계속 흘렀다.

디안은 자신을 쌀쌀맞다고 평가한 엄마가 결국에는 옳았던 게 아닌가 생각했다. 그녀는 친구들의 수작질을 위에서 내려다보았다. 여자아이들이 속내를 털어놓으면 〈말도 안 되는 소리 좀 그만해!〉라고 대꾸했다. 그러면 아이들은 〈너도 겪어 보면 알게 될 거야!〉라고 응수했다.

반에서 가장 예쁜 그녀 주위로 환심을 사려는 남자아이들이 몰려들었다. 그녀는 전부 퇴짜를 놓고 공부에 매진했다. 수업이 끝나면 도서관에 들러 엄청난 두께에 주눅부터 드는 생물학 서적들을 뒤적이기에 바빴다.

할머니, 할아버지가 걱정스럽게 말했다.

「넌 너무 진지해. 친구들이랑도 어울려 놀지 그러니.」

「애들이랑 노는 거 재미없어요. 따분하기만 하거든요.」

「그렇게 책 속에 파묻혀 살다가는 책갈피에 끼워 둔 나뭇잎처럼 비쩍 말라 버릴 거야.」

「그런 느낌 안 들어요.」

아닌 게 아니라, 열네 살이 된 그녀는 매일 아침 더 눈부신 빛을 발했다. 사춘기인데도 여드름이나 부기에 전혀 시달리지 않았다. 그녀는 날씬하고 지혜롭게 성장했다. 몸짓 하나하나가 안무의 표현처럼 보여서, 그녀를 잘 알지 못하는 사람들은 그녀가 발레를 전공한다고 생각했다. 늘 흠잡을 데 없이 단정했고, 새카만 머리칼을 틀어 올려 묶고 다녔다. 대다수의 여자아이들이 찢어진 청바지와 플란넬 셔츠 차림으로 수업에 늦게 들어오는 것을 멋있다고 여기는 시기에 그녀는 고전 무용수의 단정한 옷차림을 고수했다.

「넌 정말 왕짜증이야.」 자신이 디안의 가장 확실한 친구라고 여기는 카린이 말했다.

「왜 왕이야, 여왕이 아니고?」 디안은 무심하게 대답했다.

당황한 나머지 반 아이들은 말을 점점 덜 걸기는 했지만 그녀를 존중했다. 감히 누구도, 심지어 속으로도 그녀를 비웃지는 못했다. 그녀에게 있는 무언가가 두려움을 불러일으키고 비열한 짓을 못 하게 만들었다.

마리는 여전히 그녀에게 매료되지 않는 유일한 인물로 남아 있었다. 그나마 나아진 것은 디안이 이제는 엄마의 마음에 들려는 시도조차 하지 않는다는 점이었다. 모녀는 주말에 모처럼 만나도 예의상 간단한 인사만 주고받았다. 디안이 늘 꿈꿔 온 대로 고통에 시달리는 것을 막아 주는 무관심의 경지에 도달했거나 맏딸을 칭찬하는 말에 마리가 더는 질투를 느끼지 않아서가 아니었다. 그들 각자가 이해 당사자가 아닌 관객의 입장에서 서로를 바라보았기 때문이었다.

할머니, 할아버지가 갈수록 늙고 쇠약해지기 시작하자 그들을 향한 디안의 사랑은 점점 더 깊어만 갔다. 할머니는 아침부터 저녁까지 기침을 해댔고, 할아버지의 콜레스테롤 수치는 걱정스러운 단계를 넘어선 지 오래였다. 그녀는 얼른 의사가 되어 그들의 건강을 돌보지 못하는 것을 아쉬워했다. 그리고 그들이 죽을까 봐, 자신이 의사가 되기도 전에 비극이 닥칠까 봐 전전긍긍했다.

고등학교 진학이 그녀의 삶을 바꿔 놓았다. 새로운 얼굴들이 모습을 드러낸 것이다. 디안은 아름답고 도도한 얼굴에 머리카락마저 금발인 여학생을 눈여겨보았다. 카린이 그녀의 귀에 대고 말했다. 「저 부르주아 계집애 좀 봐!」 그 여자애는 마치 규정에 따라 교복을 입듯이 하얀색 셔츠와 회색 플란넬 바지를 입고 다녔다. 자기소개 시간이 되었을 때 그 애는 디안이 〈오, 품격〉이라고 감탄할 만큼 낮고 깊은 목소리로 말했다.

「엘리자베스 되.」[4]

그러자 반 아이들이 일제히 웃음을 터뜨리며 소리를 질러 댔다. 선생이 한숨을 쉬며 말했다.

「진짜 성을 말하렴.」

「그게 제 진짜 성이에요. 아버지는 무슈 되, 어머니는 마담 되. 유머 감각이 없지 않으셔서 저에게 엘리자베스라는 이름을 붙여 주셨죠.」

「네가 너 자신을 영국 여왕으로 착각하는 게 그 때문이니?」 누군가 외쳤다.

---

4 Elisabeth Deux. *Deux*를 고유 명사가 아니라 일반 명사로 해석하면 〈엘리자베스 2세〉라는 뜻이다.

「브라보, 355번째! 나한테 그렇게 빈정거린 사람이 너 말고도 354명이나 있었거든.」그녀가 미소를 지으며 응수했다.

디안은 낯선 느낌을 받았다. 그녀의 영혼이 열의와 찬탄으로 부풀어 올랐다. 그녀는 그냥 엘리자베스에게 다가가서 〈우리 친구 하자, 어때?〉라고 말하지 못하게 만드는 14년 반의 세월을 한탄했다. 오랜 노력을 기울이고 매정한 거절에 맞서야만 했다. 디안이 다가가 질문을 할 때마다 엘리자베스는 단음절로 짧게 대답했다.

「애쓰지 마셔.」카린이 말했다.「우리랑 다른 세상에 사는 애야. 저 멍청한 애, 어디가 그렇게 마음에 드니? 사랑에 빠지기라도 한 거야?」

「그래, 사랑에 빠졌다.」디안이 말이 안 통한다는 표정으로 한숨을 쉬며 말했다.

엘리자베스는 훨씬 학비가 비싼 중학교 출신이었다. 그녀의 엄마는 그 중학교에서 수학 교사로 재직했고, 아빠는 오케스트라에서 콘서트마스터로 일했다. 그녀는 다른 세계에 속해 있었고, 굳이 그것을 감추려 들지 않았다.

「우리 같은 천민들하고 어울리는 게 꺼려지진 않냐?」 같은 반 남학생이 이죽대며 물었다.

「네가 나 같은 왕족하고 같은 반이어서 황송해하는 것만큼은 아냐.」 엘리자베스가 쏘아붙였다.

디안은 이런 대꾸에 감탄해 입을 다물지 못했다. 〈내가 감히 저렇게 재치 있고 당당한 인물의 우정을 바랄 수 있을까?〉 그녀는 생각했다. 그녀가 카린에게 느끼는 희미한 애정은 엘리자베스에게 이끌리는 충동에 비하면 아무것도 아니었다. 그 감정이 사랑이 아니라는 건 그녀도 알고 있었다. 엄마와 똑같은 방식으로 그녀를 아프게 하진 않았으니까. 엘리자베스의 환심을 사지 못하는 데에서 오는 분함은 그녀를 내 것으로 만들겠다는 투쟁심을 심어 줄 뿐이었다.

질투에 사로잡힌 카린은 디안이 탐내는 자리는 이미 다른 사람에게 넘어갔다고 말했다.

「엘리자베스랑 가장 친한 애는 오케스트라 지휘자의 딸이야. 너한테는 일말의 가능성도 없어.」

「그 애 이름이 뭔데?」

「베라.」 경쟁자의 압도적인 우월성을 강조하려는 듯

카린이 힘주어 대답했다.

디안은 하굣길에 엘리자베스가 〈베라!〉라고 외치며 연한 금발의 통통한 여학생에게 달려가 목을 끌어안는 것을 보았다. 그녀는 감히 넘볼 수 없는 경쟁 상대는 아니라고 생각했다.

디안은 엘리자베스에게 열과 성을 다했다. 쉬는 시간마다 그녀 옆에 가서 앉았다. 어느 날, 디안이 매우 심각한 어조로 말했다.

「너도 알다시피, 체르노빌의 낙진은 프랑스 국경에서 멈추지 않았어.」

「왜 그런 얘길 하는데?」

「우리의 기대 수명이 훨씬 짧아졌단 뜻이지. 방사능 때문에. 우리 친구 하자.」

「무슨 소린지 모르겠어.」

「넌 학교에서 늘 따분한 표정을 짓고 있어. 기대 수명도 짧아졌는데 시간을 허비하는 건 안타까운 일이잖아. 나랑 친구 하면 더 이상 따분하지 않을 거야.」

엘리자베스는 웃음을 터뜨렸다. 이렇게 해서 그들은 한시도 떨어지지 않는 단짝이 되었다. 디안은 그녀에게 감히 자신의 비밀을 털어놓았다. 말없이 귀를 기울이고 있던 엘리자베스가 한숨을 쉬고는 물었다.

「외가에서 지내는 게 그 때문이니?」

「응.」

이렇게 침묵의 계율이 깨지자, 디안은 자기 집에 와서 자고 가라는 엘리자베스의 초대를 받아들였다. 되 부부는 딸의 새 친구를 반갑게 맞아 주었다. 엘리자베스는 외동딸이었다. 「이제 너희는 자매야.」 그들이 말했다. 디안과 엘리자베스는 밤새워 이야기를 나눴다. 디안은 두 번 다시 볼 수 없었던 베라에 대해서는 아무것도 묻지 않을 만큼 눈치가 있었다.

할머니는 디안에게 특별한 친구가 생긴 것을 알고 몹시 기뻐했다.

「마침내 네가 나이에 맞게 구는구나! 이제 마음 편히 죽을 수 있을 것 같아.」

「재미없으니까 농담으로라도 그런 말씀은 마세요.」 디안이 화를 내며 말했다.

실제로 그 말은 농담이 아니라 예언이 되고 말았다. 이튿날, 운전자가 깜빡 조는 바람에 트럭이 할머니, 할아버지의 자동차를 들이받았다. 두 사람은 그 자리에서 즉사했다. 학교에서 그 소식을 접한 디안은 정신을 잃고 말았다.

의식을 되찾았을 때 그녀는 병원 침상에 누워 있었다. 열한 살 때 이후로 본 적이 없었던 의사가 병상 머리맡을 지키고 있었다.

「넌 일주일째 의식이 없었어. 열이 41도까지 끓어오르고 수시로 발작을 일으켰지. 상을 당했다고 그렇게 격렬하게 반응하는 사람은 본 적이 없어.」

「할머니, 할아버지는 저한테 전부였어요.」

「네가 깨어날 때까지 기다릴 수 없어서 장례는 이미 치렀단다. 오히려 잘된 것 같구나. 네가 견뎌 내지 못했을 테니까.」

디안은 뜨거운 눈물을 흘렸다.

「두 분께 작별 인사도 못 했어요!」

「무덤을 찾아 인사를 드리려무나. 그것 말고도 할 말이 있단다. 난 널 똑똑히 기억하고 있어. 네 가장 친한 친구 그리고 가족과 너에 관해 이야기를 나눌 기회가 있었는데, 앞으로 넌 부모님 집에서 살지 않게 될 거야.

「네 친구의 부모님이 널 데리고 있기로 했단다.」

「제 부모님은 이 결정을 어떻게 받아들였어요?」

「아버지는 약간 상처를 받은 듯 보이더구나. 어머니는 그리 놀랍지도 않다고, 앞으로는 네가 주말에도 집에 오지 않는 편이 낫겠다고만 말했고. 안심하렴, 네 친구가 나에게 모든 걸 설명해 줬으니까.」

디안이 눈을 휘둥그레 떴다.

「엄마가 절 미워한다고 생각하세요?」

「아니. 네 어머니는 분명 너와 자기 부모의 관계에 질투심을 느꼈을 거야. 그녀도 그들을 깊이 사랑했거든. 당분간 서로 마주치지 않는 게 어머니에게나 너에게나 나을 것 같구나.」

「전 할머니와 할아버지, 엄마와 아빠 그리고 두 동생을 한꺼번에 잃는 거군요.」

「남동생은 학교에서 보면 되잖니. 그리고 부모님도 다시 보게 될 거야. 너한테 어머니와의 관계가 더는 해롭지 않은 날이 올 테니까. 어쨌든 지금은 그녀와 함께 지내는 게 위험할 거라는 생각이 드는구나.」

「그럼 제 여동생은요?」

「그 아이가 애정 과잉에 힘들어한다는 건 알고 있단다. 하지만 그 정도로 자식을 애지중지하는 걸 금지하는 법은 없어. 어떤 의미에서는 그 아이가 너보다 더 딱하지.」

되 부부는 디안을 여느 때처럼 살갑게 맞아 주었다. 그녀는 엘리자베스와 다름없는 딸, 다시 말해 그들의 자식이었다. 디안은 엘리자베스의 방과 나란히 붙어 있는 방에 짐을 풀었다.

새로운 삶이 시작되었다. 디안은 엘리자베스와 일주일에 적어도 세 번은 오페라 극장에 가서 연주회를 관람했다.

「내가 오기 전에는 왜 여기 안 왔니?」 디안이 물었다.

「강요당하는 느낌이 들어서. 근데 이제 너와 함께 오니까 즐거워.」

온 학교가 수군댔다. 반 아이들은 그들을 레즈비언이라고 불렀다. 하지만 당사자들은 전혀 개의치 않았다. 이로 인해 디안의 위신은 약간 떨어졌지만, 엘리자베스의 위신은 크게 올라갔다.

되 씨는 바이올린을 가르쳐 줄 테니 배워 보라고 디안을 설득했다. 그는 예술가로서는 탁월했지만 선생으로서는 빵점이었다. 디안도 열의를 보이기는 했지만 크게 재능은 없었다. 드물게나마 악기로 감동적인 소리를 내는 데 성공하면 그녀는 발작적인 울음을 터뜨렸다. 그래서 그 실험은 얼마 안 가 끝나고 말았다.

그녀는 되 부부의 집과 학교를 오가는 현재의 삶이 아름답고 조화로우며 예전의 시련이 모두 지나갔다고 느끼곤 했다. 하지만 학교에서 남동생을 만나거나 이 상황을 전혀 이해하지 못하는 것으로 보이는 아빠가 교문 앞에서 기다리고 있다가 그녀를 오랫동안 안아 주며 고통스러운 표정을 지을 때면 다시 깊은 슬픔 속으로 빠져들었다.

여러 해가 지나도록 디안은 할머니와 할아버지를 잃은 슬픔에서 좀처럼 헤어나지 못했다. 어느 날, 그녀는 그들의 무덤을 찾았다가 그곳에서 눈물 흘리고 있는 엄마를 보고 큰 충격을 받았다. 눈에 띄기 전에 황급히 자리를 피했지만 엄마를 다시 보았을 때 느낀 고통은 그녀의 영혼이 얼마나 큰 상처를 입었는지 가늠할 수 있을 정도로 생생했다.

아무런 위험도 뒤따르지 않는 것은 공부뿐이었다. 그녀는 공부에 매진했다. 대학 입학 자격 시험을 최고의 성적으로 통과했고, 그 도시에서 명성이 자자한 의과 대학에 진학했다. 여름 방학이 되자 아무것도 빚지고 싶지 않았던 그녀는 아르바이트 자리를 찾아다녔다.

엘리자베스는 방학 때마다 함께 휴가를 떠났으면서 왜 이번에는 따로 노느냐고 투덜거렸다. 그녀는 변호사가 되겠다는 포부를 안고 법대에 진학한 상태였다.

개강을 하자 디안은 초인적인 스케줄에 따라 생활했다. 그녀가 다니는 의대에는 보수는 좋지만 에너지를 무한정 앗아 가는 학생 대상의 일자리들이 있었다.

더 이상 디안과 시간을 보낼 수 없다며 한동안 징징대던 엘리자베스는 그 또래의 평범한 연애로 눈길을 돌렸다. 그녀는 디안을 졸라 이런저런 파티에 억지로 데려가는 데 성공했지만, 디안은 어딜 가든 몹시 따분해했다.

「네 친구는 참 예쁘기는 한데 늘 못마땅한 표정을 짓고 있어.」 사람들이 엘리자베스에게 말하곤 했다.

「뭔가 있어 보이려고 그러는 거야.」 그녀는 대답했다.

실제로 뭔가 있어 보였는지 구애자들이 몰려들었다. 과연 누가 그녀를 웃게 만들 수 있을까, 내기라도 건 것처럼. 하지만 성공한 사람은 아무도 없었다.

엘리자베스는 위그라는 남자와 아주 진지하게 만남을 이어 갔다. 그녀가 자신을 등한시하자 슬픔에 빠진 디안은 반발심으로 사랑하지도 않는 위베르라는 남자와 연애를 시작했다. 위베르는 너무나 아름답지만 도무지 속을 알 수 없고 쌀쌀맞기 그지없는 디안을 미친 듯이 좋아했다. 그들이 사랑을 나눌 때면 그녀는 마치 그곳에 없는 사람 같았다. 그는 그 때문에 힘들어하면서도 그녀에게 더 깊이 빠져들었다.

「난 널 사랑하지 않아.」어느 날 아침, 그녀가 수업을 들으러 가면서 말했다.

「언젠가는 사랑하게 될 거야.」그가 어두운 표정으로 대답했다.

그 〈언젠가〉는 오지 않았다. 3년 후, 그녀는 용기를 내어 그와 헤어졌다.

「넌 사랑하지도 않는 남자하고 어떻게 그리 오랫동안 만날 수 있었니?」엘리자베스가 물었다.

「그 사람이 아니면 다른 사람을 만났을 테니까.」디안이 내놓은 유일한 대답이었다.

「넌 정말 이상한 애야. 그럼 왜 헤어진 거니?」

「더 나은 사람을 만나고 싶긴 하니까.」

그 대답을 듣고 엘리자베스는 하루에 열두 시간씩 공부만 하면서 어떻게 운명 같은 사람을 만날 수 있을지 도무지 알 수 없었지만 그나마 다행으로 여겼다.

의대를 졸업하고 인턴 생활을 시작한 디안은 심장내과를 선택했다. 조교수 중 한 명인 오뷔송 부인이 그녀에게 깊은 인상을 심어 주었기 때문이었다.

놀라울 정도로 달변인 오뷔송 부인은 엄격성과 지성의 전형이었다. 다른 교수들이 의도적으로 모호하거나 허풍 섞인 강의로 디안을 짜증 나게 했다면, 오뷔송 부인은 누구보다 명확하고 진지한 강의를 했다.

디안은 얼마 안 가 자신이 오뷔송 부인의 강의를 단순한 관심 이상의 감정으로 듣고 있다는 것을 깨달았다. 너무나 탁월한 그녀의 강론을 들으면서 디안이 느낀 것은 열정의 범주에 드는 것이었다.

마흔 살 남짓 된 오뷔송 부인은 위엄이 넘치는 아름다운 얼굴과 적갈색 머리칼을 지닌 여성이었다. 키가 작고 가냘픈 그녀는 머리칼의 광채를 돋보이게 하는 수

수한 정장 재킷과 바지를 즐겨 입었다. 그렇지만 일단 입을 열고 말을 하기 시작하면 두 눈이 생기로 반짝거렸고 더없이 매혹적인 인물로 변신했다.

디안은 매번 자신이 받은 감동을 전하기 위해 강의실 문 앞에서 그녀를 기다렸다. 아름다움이 돋보이는 제자의 찬사에 우쭐해진 선생은 디안에게 호감을 드러냈고, 어느 날 저녁 때 차나 한잔하자고 제안했다.

「그냥 올리비아라고 불러요.」 몇 분간 대화를 나눈 후에 그녀가 말했다.

「제가 함부로 교수님 이름을 불러도 되는지 모르겠어요.」

「수업 중에는 그럴 수 없겠지만 여기서는 괜찮아요. 게다가 난 아직 정교수 자격도 따지 못했는걸요.」

「선생님한테 정교수 자격이 없다니, 어떻게 그럴 수가 있죠?」

「말하자면 긴 이야기예요. 따분하기도 하고. 어쩌면 안 듣는 게 나을지도 몰라요. 정교수 자격이 있는 미쇼, 살몽, 푸샤르를 봐요. 내가 그들을 닮고 싶어 한다고 생각해요?」

「한심한 꼰대들!」 디안이 웃으며 말했다.

「내 입으로 그렇게까지 말할 수는 없고……」 올리비아가 말을 이었다. 「한자리씩 꿰차기는 했지만 그게 그들을 더 나아지게 만들지는 못했다고 해두죠.」

그녀가 겉멋만 잔뜩 들고 속은 텅 빈 혈관외과 교수 이브 푸샤르의 말투를 흉내 내기 시작하자 디안은 눈물을 찔끔거릴 정도로 웃어 댔다.

「그래요, 사람이 명예욕에 사로잡히면 그렇게 돼요.」 올리비아가 결론짓듯 말했다. 「나를 사로잡고 있는 건 좋은 의사들을 양성하고 엄격하게 가르치는 일이에요. 인명을 다루는 분야에서 교수라는 사람들이 대충대충 가르치는 것을 보면 아연실색하지 않을 수 없어요. 우리 병원에서 심장 전문의를 양성하듯이 핵 기술자를 양성한다면 아마 하루가 멀다 하고 체르노빌과 같은 참사가 벌어질 거예요. 내 생각에는 심장이 방사능 이상은 아니더라도 그만큼 심각하게 다루어야 할 가치가 있는 것 같은데, 아닌가요?」

디안은 더 이상 그 말이 귀에 들어오지 않았다. 그녀는 엘리자베스의 우정을 꿰찰 목적으로 체르노빌을 입에 담은 날 이후로 단 한 번도 그에 대해 생각해 본 적이 없었다. 앞으로의 삶에서 중요한 역할을 할 새로운 우정의 탄생을 목전에 두고 그 재앙이 다시 등장하다니, 이상하지 않은가?

「이런 이야기에는 별로 관심이 없는 것 같군요. 그건 그렇고, 왜 심장내과를 선택했어요?」

「두 번의 계기가 있었어요. 열한 살 때 아주 특별한 의사를 만나면서 의학도가 되기로 결심했죠. 미리 말씀드리는데, 심장내과의 경우에는 제 지원 동기가 선생님한테 아주 황당하게 들릴 거예요.」

「말해 봐요.」

「알프레드 드 뮈세의 시구에 깊은 감명을 받았어요. 〈너의 심장을 쳐라, 천재성이 거기 있으니〉라는 시구였죠.」

오뷔송 부인이 충격을 받은 듯 멍하니 있었다.

「황당하게 들릴 거라고 미리 말씀드렸잖아요.」 당황한 디안이 말했다.

「천만에요. 정말 멋져요. 그렇게 놀라운 시구도, 지원 동기도 들어 본 적이 없어요. 〈너의 심장을 쳐라, 천재성이 거기 있으니.〉 알프레드 드 뮈세라고 했죠?」

「예.」

「대단한 인물이네요! 놀라운 직관력이에요! 그의 말이 맞았다는 거 알아요? 심장은 어떤 기관과도 달라요. 옛사람들은 생각, 영혼…… 뭐 이런 것의 본산으로 봤는데 그럴 만해요. 나도 20년 넘게 연구하고 있는데 들여다보면 볼수록 더 신비롭고 기발하거든요.」

「절 놀리시는 건 아닌지 두려웠어요.」

「그럴 리가 있나! 내 제자가 이렇게 교양이 풍부한 경우는 처음이에요! 나도 그래야 할 텐데.」

「교양을 내세울 정도는 아니고 그냥 늘 읽는 걸 좋아했을 뿐이에요.」

「나도 좀 가르쳐 줘요. 멋지지 않아요? 만난 지 얼마 되지도 않았는데 벌써 당신은 내 삶을 풍요롭게 만들고 있어요.」

그날 저녁의 대화는 이런 식으로 이어졌다. 누군가에게 그 정도로 열광해 본 적이 없었던 디안은 그날 밤 얼이 빠진 상태로 귀가했다. 〈그토록 뛰어난 여성이 나에게 관심을 보이다니, 그뿐만 아니라 삶을 풍요롭게 만

들 수 있도록 도와 달라는 말까지 하다니!〉 디안은 도무
지 믿을 수가 없었다. 대체 얼마나 너그럽기에 제자인
그녀에게 그런 말을 할 수 있겠는가!

다음 날, 오뷔송 부인이 디안에게 전화를 걸었다.
「점심은 병원 구내식당에서 먹어요?」
「예, 선생님처럼요.」
「근처 식당에서 나랑 점심 같이할래요?」
디안은 기꺼이 수락했다. 식당에 도착한 올리비아는
샐러드를 주문해 깨작거렸다. 디안은 감히 다른 음식을
주문하지 못했지만 아쉽지는 않았다. 너무나 가슴이 벅
차서 음식이 입으로 들어가는지 코로 들어가는지 알 수
조차 없었으니까.
오뷔송 부인은 자기 이야기를 털어놓았다. 여성으로
서 의료계에 종사하는 게 얼마나 힘든 일인지에 대해
말했다.
「군인과 교수 중에 누가 더 마초인지 모를 정도라니
까요.」
「그게 선생님이 정교수 자격을 얻지 못한 데에도 어

떤 역할을 했나요?」

「물론이죠. 10년 전에 내가 아이를 낳고는 더 그랬어요. 그들은 그 사실을 절대 용서하지 않았죠. 하지만 아이를 낳지 않았다면 더욱더 가혹한 잣대로 나를 심판했을 거예요. 심지어 대학에서 학생들을 가르치면서도 지방의 고리타분한 사고방식을 벗어나지 못해요.」

「계속 여기서 사셨어요?」

「맞아요. 솔직히 털어놓자면 난 우리 도시에 애정이 깊어요. 이브 푸샤르의 꿈은 딱 하나, 파리에 올라가는 것뿐이에요. 그가 지금 막 발견한 것 같은 표정으로 10년 전에 작성해 놓은 철 지난 메모들을 읽으면서 파리 데카르트 의대에서 강의를 하는 게 상상이 돼요? 언젠가는 강연을 하면서 요즘은 필요가 없어서 하지도 않는 혈액 검사 애길 하더라니까요!」

「정말요?」

올리비아는 비슷한 일화를 수도 없이 들려주었다. 어느덧 이런 점심 식사가 그들의 일과가 되었다. 식당에 도착하면 두 사람은 주문을 할 필요도 없었다. 종업원이 알아서 샐러드 두 접시와 광천수 한 병을 가져다주었으니까. 샐러드로 점심을 때우는 게 디안에게는 좀 가볍긴 했지만 그녀는 그 자리를 세상 무엇과도 바꾸고 싶지 않았다.

오뷔송 부인과의 관계는 디안의 삶에 의미를 부여해 주었다. 디안은 그녀를 닮아 가는 동시에 그녀와 한 팀을 이루길 바랐다. 어린 시절부터 사람들에게 지적을 받았던 진지함과 엄격함, 엄마가 〈쌀쌀맞음〉이라고 불렀던 것이 마침내 제 가치를 인정받은 것이다. 디안은 올리비아가 이러한 덕목을 내보일 때마다 기뻐했다.

가끔 강의실에서 학생들이 〈오뷔송 선생님은 붙임성이 없어〉, 〈그 사람이랑 같이 있으면 따분할 것 같아〉 하고 수군대는 소리가 그녀의 귀에도 들려왔다. 그러면 디안은 애써 입을 다물었다. 만약 입을 열었다면 이렇게 말했을 것이다. 〈올리비아 오뷔송은 탁월한 심장 전문가야. 그녀는 너희의 호감을 사려고 저기 서 있는 게 아냐. 일정 수준에 오른 사람은 타인의 호감을 사려고 애쓸 필요가 없어. 게다가 그녀가 얼마나 재미있는지 알게 되면 너희는 아마 깜짝 놀라고 말 거야.〉

그럼에도 그들의 관계는 사람들 눈에 띄지 않을 수 없었고, 학교나 병원 쪽에서 뻔한 빈정거림이 새어 나왔다.

「당신이 너무 예뻐서 그래요.」 올리비아가 웃으며 말했다.

「선생님도 못지않으세요.」

「마침내 나더러 예쁘다고 말해 주는 사람이 등장했군요!」

「저만이 아닐 텐데요.」

「당신 말고 누가?」

「저야 모르죠. 선생님 남편?」

「스타니슬라스는 수학자예요. 그런 말을 입에 담을 사람이 아니에요.」

디안은 그녀의 삶에 대해 이것저것 캐묻고 싶었지만 실례가 될까 봐 감히 그럴 수 없었다. 올리비아에 관한 모든 것이 그녀에게는 경이로워 보였다.

　어느 날, 학교를 나서던 디안은 한 여자가 자신을 기다리고 있는 것을 보았다. 처음에는 그 사람이 누군지 단번에 알아보지 못했다.

「디안, 너니? 정말이지 몰라보게 예뻐졌구나!」 여자가 말했다.

「엄마.」 디안이 돌처럼 굳은 채 말했다.

　엄마를 만난 건 무려 10년 만이었다. 만나고 싶지도 않았고 그럴 시간도 없었다. 가끔 아빠한테 연락이 와서 만나기는 했다. 그는 결코 아내의 태도를 문제 삼지 않은 채 맏딸이 가족과 떨어져 사는 걸 슬퍼하기만 했다. 무슨 일이 있었던 걸까? 생기를 잃은 엄마의 얼굴은 나이를 가늠할 수 없을 정도로 초췌해 보였다.

「얘기 좀 할 수 있겠니?」 엄마가 물었다.

　그들은 카페로 들어갔다.

「무슨 일 있어요?」

「셀리아가 집을 나갔어.」

「집을 나가요?」

마리가 울음을 터뜨리며 가방에서 편지를 꺼냈다.

「네 동생이 아이를 낳았단다. 알고 있었니?」

「얼핏 들은 것 같기도 하네요.」 디안이 어깨를 으쓱하며 대답했다.

「작년이었지. 셀리아는 아이 아빠가 누군지 도통 털어놓으려 하지 않았어. 자기도 모르는 것 같아. 놀랄 일도 아니지. 셀리아는 열여덟 살 무렵부터 끊임없이 밖으로 나돌기만 하고 술도 진탕 마시기 시작했어. 들리는 얘기로는 나이 많은 남자를 여럿 만나고 다녔대.」

「본론만 말하세요.」

「그래. 그 애가 딸 쉬잔을 낳았는데, 일주일 전에 아기는 놔둔 채 어디 간다는 말 한마디 없이 집을 나가 버렸어.」

마리는 줄곧 눈물을 흘리면서 떨리는 손으로 쥐고 있던 편지를 디안에게 내밀었다.

엄마,

내가 지금 엄마가 나한테 저질렀던 실수를 쉬잔에게 되풀이하고 있다는 느낌이 들어요. 난 그 아이를 너무나 사랑해서 늘 품에 안고 뽀뽀를 퍼붓지 않고는 못 배기겠어요. 내 딸이 나처럼 아무하고나 자고 다니는, 의지 없는 표류물이 되지 않았으면 해요. 게다가 난 이제 스무 살이에요. 내 삶이 시작되길 원해요.

그래서 엄마한테 어디로 가는지 알리지 않고 먼 곳으로 떠나요. 쉬잔은 엄마 곁에 두고 가요. 엄마를 지켜봤는데, 쉬잔에게는 나한테 했던 것과는 다르게 과하지 않은 사랑을 주더군요. 어쩌면 엄마가 마침내 내 딸에게는 엄마의 딸들에게 되어 주지 못했던 것, 다시 말해 좋은 엄마가 되어 줄 수 있을지도 모르겠어요.

셀리아

깜짝 놀란 디안은 무슨 말을 해야 할지 몰라 한동안 편지에 고개를 처박고 있었다.

「셀리아가 굉장한 일을 했네요.」 그녀가 겨우 입을 열어 중얼거렸다.

「굉장한 일을 했다고? 난 그 애를 찾아 달라고 너한테 부탁하려고 왔는데!」 마리가 눈물을 글썽이며 말했다.

「미쳤어요? 엄마가 아무리 부탁해도 난 그 일만은 절대 하지 않을 거예요. 첫째, 내가 그 애의 결정에 동의하기 때문이고 둘째, 설사 동의하지 않는다 하더라도 그 애는 성인이에요.」

「어떻게 그 애의 결정에 동의할 수가 있니?」

「셀리아는 엄마가 저지른 실수를 반복하고 싶지 않은 거예요. 아주 훌륭한 이유가 되죠. 어린 시절과 청소년기에 엄마가 그 애에게 퍼부었던 것과 같은 엄청난 뽀뽀와 포옹으로 쉬잔을 질식시키고 싶지 않은 거라고요.」

「그 아이를 사랑해서 그런 건데, 그게 뭐가 잘못됐다는 거니?」

「셀리아가 잘못됐다고 하니 그렇게 믿어야죠. 어릴 적에 나한테도 하소연한 적이 있어요. 그래서 엄마한테 직접 말을 하라고 충고했죠. 그 아이는 그렇게 했어요. 하지만 엄마가 그 애를 구슬려서 그게 내가 시켜서 한 말이라고 믿게 만들었어요.」

「그건 사실이 아냐.」

「엄마, 내가 그때 욕실 문 뒤에 숨어서 모두 엿들었어요.」

디안은 어리둥절해하는 엄마를 바라보다가 그녀가 거짓말을 하고 있지 않다는 것을 알아차렸다. 엄마는 그 일을 이미 까맣게 잊고 있었다.

「그래서 내가 나쁜 엄마였다는 말이니?」

「니콜라한테는 좋은 엄마였죠. 그 애는 학교에서 종종 마주치는데 아주 잘 지내고 있어요.」

「너도 아주 잘 지내는 것처럼 보이는데 뭘.」

「아뇨, 그렇지 않아요. 난 쌀쌀맞으니까. 기억 안 나세요?」

「그래, 넌 늘 쌀쌀맞았지.」

「아뇨, 나도 어릴 때는 안 그랬어요. 엄마를 견뎌 내기 위해 어쩔 수 없이 그렇게 변했죠.」

「난 결코 널 학대한 적이 없어.」

「엄마, 난 열다섯 살 때 집을 떠났어요.」

「그래, 난 네가 왜 그랬는지 이유를 알 수가 없었다.」

「그런데도 엄마는 내가 할머니, 할아버지의 죽음으로 인한 충격에서 벗어나지 못했다고 온 도시에 떠들고 다녔죠. 단 한 순간도 내가 엄마 때문에 떠난 게 아닐까 의심해 본 적 없으세요?」

「없었어. 나 때문이었니?」

디안은 또다시 엄마가 거짓말을 하고 있지 않다는 것을 알아차렸다. 그녀는 대학과 병원에서 사람들이 지닌 무시무시한 망각 능력을 관찰할 수 있었다. 사람들은 뭔가가 해결되지 않으면 잊어버렸다. 아니, 그보다는 잊는 게 편할 때 수시로 망각 속으로 도피했다. 그 순간 그녀는 엄마가 겪은 고통의 강도를, 그 망각의 진정성을 느꼈다.

「기억 상실은 변명이 되지 못한다는 거 알아요, 엄마?」

「변명이라니, 뭐에 대한 변명?」 자신이 잊었다는 사실조차 모르는 마리가 물었다.

디안은 엄마에게 모든 것을 털어놓고 싶었다. 그런데 너무 멀리까지 가면 어떡하나 하는 두려움이 그녀를 멈추게 했다. 그녀는 그 〈너무 멀리〉 속에 엄마를 죽일 위험까지 포함되어 있는지는 알지 못했지만 어떠한 행동도, 어떠한 말도 자신을 위로해 주지 못하리라는 것은 알고 있었다. 오히려 고백을 하면 자유롭기는커녕 그토록 벗어나기 어려웠던 어린 시절의 지옥 속으로 아마 영원히 처박혀 버릴 것 같았다.

엄마가 과연 다르게 처신할 수도 있었을까? 디안은 그럴 수 없었을 거라고 생각했다. 엄마는 그리 영리하지 못해서 거리를 두고 자신을 바라볼 수가 없었다. 자기를 분석할 능력이 없는 사람을, 그것도 오랜 세월이 지난 후에 책망한들 무슨 소용이 있겠는가?

디안은 엄마를 물끄러미 쳐다보았다. 고통과 호기심이 어린 눈길로 자신을 바라보고 있는 그 여자는 아무 죄도 없는 것처럼 보였다. 시효가 지났기 때문도, 잊었기 때문도 아니었다. 그 죄를 사해 준 것은 그녀를 사로잡고 있는 마귀였다. 디안은 엄마가 자신에게는 의도적으로 주지 않던 사랑을 셀리아에게는 넘치도록 퍼붓는 것을 봤을 때 자신이 빠질 뻔했던 구렁을 떠올렸다. 엄마는 평생 그 구렁 속에서 살고 있었다. 엄마가 어처구니없을 정도로 어리석어서 그 구렁에 빠졌다 하더라도 자신의 비극적인 운명에 대해 조금이라도 책임을 면할 수는 없었다. 전혀 의식하지 못했지만 그녀가 맏딸에게 가한 것은 뒤틀린 자기도취의 표현에 불과했다.

「여전히 질투로 가득하세요, 엄마?」

「질투라니, 도대체 무슨 애길 하는 거니?」

엄마는 자기 자신에 대해 이 정도로 무지했다. 자신이 질투를 부렸다는 것을 모른다면 그것을 어떻게 치유할 수 있는지도 알 리가 없었다. 어떻게 알겠는가?

「셀리아도 젊은 시절의 엄마처럼 예뻐요? 못 본 지 10년이나 됐네요.」

「그럼, 예쁘지. 아주 아름다운 아가씨가 됐단다! 내 자랑거리지! 하지만 지금 보니 네가 그 아이보다 더 예쁘구나.」

엄마가 이렇게 덧붙였을 때, 디안은 그녀의 입가에서 질투에 찬 회한의 주름을 발견할 수 없었다.

「이제 그만 집으로 돌아오면 어떻겠니? 넌 겨우 스물다섯이잖니. 우리는 잃어버린 시간을 만회하려고 함께 노력해 볼 수도 있을 거야.」

디안은 속으로 한숨을 쉬며 생각했다. 〈생각이 없긴 예나 지금이나 마찬가지네. 물론 셀리아가 달아나 버린 지금 내가 그 자리를 메꿔 주면 좋기야 하겠지.〉

「너무 늦었어요, 엄마.」그녀가 딱 잘라 거절했다.

「너무 늦었다니, 뭐가?」

「내가 인턴인 거 엄마도 알잖아요. 난 병원에서 살다

시피 해요.」

「듣자 하니 내 또래 여자와 자주 어울린다면서. 교수라던데.」

「그 얘기가 여기서 왜 나와요?」

「누구니?」

「올리비아 오뷔송이라고, 심장내과 조교수예요.」

「올리비아? 재미있구나. 내가 너한테 지어 주려고 했던 이름인데.」

「정말요?」

「그래. 그런데 네 아빠가 디안으로 하자고 우겼지.」

「이제 가봐야 해요. 쉬잔에게는 좋은 엄마가 되세요, 엄마.」 이야기는 충분히 들었다고 생각한 디안이 말했다.

「물론이지.」 마리가 마치 당연한 일이라는 듯 대답했다. 「다음에 또 보자.」

그날 밤 당직인 것이 얼마나 아쉬웠는지! 디안은 누군가에게 속내를 털어놓고 싶었다. 엘리자베스라도 만날 수만 있었다면! 다행인 측면도 있었다. 〈당직이 아니어도 어차피 잠을 자지 못했을 테니 차라리 일을 하는

게 낫지.〉

　그녀는 외로움에 알레르기 반응을 보이는 노부인의
병상을 밤새 지켰다.

머릿속에서 폭풍이 몰아쳤다. 엄마의 말이 서로 뒤섞여 무심코 뱉은 말까지 위험한 의미를 감추고 있는 것처럼 느껴졌다. 디안은 한때 자신의 여신이었던 여자가 현재 겪고 있는 고통과 지옥 같았던 어린 시절에 대한 부인 가운데 어느 것이 더 자신을 아프게 하는지 판단을 내릴 수 없었다. 그녀는 자신을 괴롭힌 이들이 겪는 고통을 일종의 속죄로 보는 사람들의 범주에 속하지 않았다. 설사 셀리아의 결정에 동의한다 하더라도 자식에게 해를 끼치지 않으려고 도망치듯 떠나야 하는 것 자체가 끔찍한 일로 여겨졌다. 그리고 집으로 돌아오라는 마리의 제안은 운명의 끔찍한 아이러니처럼 느껴져 그녀에게 모멸감을 줬다.

올리비아가 자기 또래 아니냐는 엄마의 말에서 은근한 빈정거림을 느꼈다면 그녀가 미친 것일까? 게다가 어떻게 그들을 비교할 수 있단 말인가? 비슷한 나이라고 해도 마리가 패배자라면 올리비아는 승리자였다. 끝으로 자신이 올리비아라는 이름을 가질 뻔했다는 이야기를 들었을 때 디안은 구역질이 치미는 것을 느꼈다.

한밤중이었지만 올리비아에게 모든 것을 털어놓고 싶었다. 한 시간 후, 디안은 절대 그래서는 안 된다고 다짐했다. 그녀가 그 우월한 여성과 나누고 있는 특별한 경험은 속내를 털어놓는 따위의 우정과는 아무런 관계가 없었다. 신뢰가 없어서가 아니라 약한 모습을 보이는 게 부끄러워 얼굴이 붉어질 것 같았다. 모든 삶은 한심하고 자잘한 비밀로 환원된다고 말한 작가가 누구였더라? 말도 안 되는 소리였다. 그녀는 올리비아와 자잘한 비밀을 나누고 싶지 않았다. 과거의 수렁에서 함께 허우적대기보다는 올리비아의 수준까지 발돋움하고 싶었다.

결국 엄마와 대화를 나누지 않았더라면 더 좋았으리

라는 생각이 들었다. 〈집은 상처 주는 곳.〉[5] 떨칠 수 없는 고통을 겪으면서 그녀는 자신이 어린 시절의 집과 다시 이어졌다는 것을 깨달았다.

아침 6시에 당직이 끝났다. 수업이 8시에 시작이라 잠시 눈을 붙일 시간조차 없었다. 그녀는 좀비처럼 강의를 듣고는 올리비아와 점심을 먹으러 갔다.

「방금 무덤에서 나온 사람 같네요!」 올리비아가 말했다.

「지난밤에 당직을 서서 그래요.」

「아무리 당직을 서도 평소에는 그 몰골이 아니었잖아요.」

디안은 이러다간 자칫 속내를 털어놓고 말겠다는 위기감을 느꼈다. 그녀는 그 지경에 이르지 않으려고 완전히 다른 주제로 뛰어들었다.

「올리비아, 곰곰이 생각해 봤는데 선생님은 정교수 자격을 따야만 해요.」

「갑자기 그게 무슨 소리예요?」

「오랫동안 생각했어요.」

5 Home Is Where It Hurts. 프랑스 가수 카미유의 노래 제목.

「그래서 표정이 시체 같은 거예요?」

「선생님은 이 주제만 나오면 끊임없이 농담을 해요. 사실 울지 않으려고 웃는 거죠. 선생님한테 정교수 자격이 없는 건 너무나 부당해요!」

「난 신경 안 써요.」

「정말 신경을 안 쓴다면 그렇게 자주 그 얘길 하진 않겠죠.」

「정교수 자격을 가진 사람들을 비웃을 때만 하는걸요.」

「그러니까요. 선생님에게는 정교수가 될 자격이 충분해요.」

「그만해요. 당신은 지금 자신이 무슨 일에 끼어드는지 모르고 있어요. 정교수 자격을 신청하려면 10여 편의 논문을 출간한 실적이 있어야 해요. 난 10여 편은 고사하고 단 한 편도 출간할 수 없을 거예요.」

「하지만 논문 주제나 그걸 쓸 재능이 부족한 건 아니잖아요.」

「자격 심사에서 중요하게 여기는 건 대개 미국 학술지예요. 미국 학술지에 논문을 실으려면 컴퓨터를 사용해 영어로 작성해서 보내야 하고. 난 컴퓨터도 다룰 줄 모르고 영어도 못 해요. 극복할 수 없는 장애가 둘씩이나 버티고 있는 셈이죠.」

「그런 장애라면 제가 넘을 수 있어요. 컴퓨터도 영어도 잘하니까요. 그 논문들, 저랑 같이 써요.」

올리비아가 깜짝 놀라 포크를 든 채 동작을 멈췄다.

「감이 안 오는 모양이군요. 설사 당신이 심장내과 인턴이 아니라 하더라도 불가능한 양의 작업이에요. 둘 다 해내지는 못할 거예요.」

「한번 해보죠 뭐.」

「당신이 왜요?」

「선생님한테 정교수 자격이 없는 게 절 돌아 버리게 하니까요. 우리 교수들 중에 선생님 말고 자격이 있는 사람은 아무도 없어요. 이건 사기죠.」

「내가 정교수 자격을 신청하면 그 사기꾼들이 날 심사할 거예요.」

「한번 해볼 만은 한가요?」

「하긴 내가 그들을 공개적으로 비웃은 적은 없어요. 그 싸구려 자존심을 건드리진 않았죠.」

「그럼 결정됐어요.」

「디안, 최소한 2년 동안은 밤낮없이 작업을 해야 할 거예요.」

「당장 시작해야 할 이유가 하나 더 생겼네요. 우리 시간 낭비하지 말아요.」

「그건 당신이 꼬박 2년 동안 나하고만 붙어 다녀야 한다는 뜻이에요.」

「우린 잘 통하니까 괜찮아요. 그 샐러드 어서 마저 드세요, 올리비아. 우리에겐 해야 할 일이 많으니까요.」

디안은 구원을 얻은 기분이었다. 엄마 말고 다른 것에 몰두할 수 있게 되었으니까. 앞으로 2년 동안 이 대단한 여성과 미친 듯이 논문 쓰는 일에 매진할 생각을 하니 가슴이 두근거리기까지 했다.

1997년에는 노트북을 가지고 있는 사람이 극히 드물었다. 올리비아의 연구실에는 아주 커다란 데스크톱 컴퓨터가 한 대 있을 뿐이었다.

「난 사용할 줄 몰라요.」 올리비아가 털어놓았다.

디안이 IBM 앞에 의자 두 개를 갖다 놓았다. 그 후로 2년 동안 두 친구는 남는 시간을 모두 그 의자에 앉아서 보냈다. 새벽 서너 시까지 작업을 하는 경우가 다반사였고, 일요일에는 먹을 것을 싸 들고 왔다.

「따님은 누가 돌봐요?」 디안이 물었다.

「스타니슬라스는 아주 좋은 아빠예요. 딸아이를 학교에 데려다주고 집에 돌아와서 연구를 하는데 하교 시간을 한 번도 놓친 적이 없어요. 당신은 어때요? 얼굴 보기 힘들다고 아쉬워하는 사람 없어요?」

「없어요.」

거짓말이었다. 며칠 전 그녀는 엘리자베스의 심문에 응해야 했다.

「너 혹시 오뷔송한테 성적으로 끌리는 거니?」

디안은 〈너마저도!〉라는 말을 내뱉기 전 카이사르가 브루투스에게 던졌던 눈길로 엘리자베스를 쳐다보았다.

「만약 그렇다 해도 난 그러려니 할 것 같아.」 엘리자베스가 말을 이었다.

「나도 그래. 〈뭐 어때서〉 할 것 같아. 하지만 헛짚었어.」

「유감이네. 그러면 좋았을걸.」

「그거 뜻밖이네!」

「그 여자한테 끌리는 거라면 네 태도가 이해될 것 같아. 그런데 이거야 원, 도통 감을 잡을 수가 없으니.」

「정말 함께 논문 쓰는 게 좋아서 그러는 거야.」

「다른 건 아예 거들떠보지도 않을 정도로? 잠도 자지 않을 정도로?」

「그래.」

「너 몸무게가 얼마나 나가니? 45킬로그램?」

「나 좀 그냥 내버려 둬.」

「그 정도로 마르는 게 심장 전문의에게는 의무 사항이니?」

「심장에 생기는 문제는 대부분 과다 섭취와 과체중이 원인이야. 의사로서 본보기를 보이면 좋지 뭘.」

「해골처럼 말라 가지고 본보기는 무슨!」

디안도 같은 생각이었다. 그런데 올리비아는 버터나 치즈, 육류를 보면 악마 앞에 선 독실한 신자의 표정을 지었다. 그녀는 마른 빵 약간과 생야채로만 배를 채웠다.

처음으로 올리비아의 논문이 미국 학술지에 실렸을 때, 디안이 포도주병을 따자 그녀는 불신의 눈길을 던졌다.

「포도주는 혈액 순환에 좋아요!」 디안이 항의하듯 말했다.

「난 아주 조금만 따라 줘요.」

그처럼 까다롭긴 했지만 디안은 그녀와 논문을 쓰는 일이 너무나 좋았다. 디안이 컴퓨터에 도표를 그려 나가면 올리비아는 그 정밀함에 황홀해했다. 그 도표들이 학술지에 실리자 올리비아는 한껏 상기된 표정으로 이렇게 외쳤다.

「우리의 정밀함이 미국인들을 설득했어요!」

디안은 〈우리〉라는 말에 너무나 뿌듯했다. 저렇게 탁월한 여성을 곁에서 돕다니 얼마나 자랑스러운 일인가! 하루에 세 시간밖에 못 자는 게, 휴가는 잊고 사는 게 뭐 그리 대수인가? 인턴 생활의 결과도 점점 더 좋아지기만 했다.

정교수 자격 심사 예정일을 6개월 앞두고 올리비아가 그녀에게 강의를 맡아서 해보지 않겠느냐고 제안했다.

「저는 아직 부족해요.」

「천만에. 당신은 잘 해낼 거예요.」

3개월 후, 디안은 처음으로 강의를 했다. 그것도 아주
훌륭하게. 〈스물일곱 살도 안 된 내가 대학에서 강의를
하고 있어. 고마워요, 올리비아!〉 그녀는 감격스러워
했다.

니콜라가 자기 결혼식에 디안을 초대했다. 그녀는 동
생에게 결혼식에 참석하지 못해서 미안하다고 사과하
는 절절한 편지를 썼다. 〈사정이 그렇게 됐어. 나중에
시간 나는 대로 벌충할게.〉 그녀는 이렇게 설명했다. 화
가 난 니콜라는 답장을 하지 않았다. 그녀는 마음이 아
팠다. 하지만 달리 어떻게 할 수 있었겠는가? 강의 준비
도 해야 하고, 논문도 써야 하고, 병원 당직도 서야 하
고, 무엇보다 정교수 자격 심사를 코앞에 둔 올리비아
를 도와야만 했다.

아버지가 그녀에게 전화를 걸어 불편한 심기를 내비
쳤다.

「아무리 그래도 동생 결혼식인데 만사를 제쳐 두고
참석해야지!」

디안은 냉정을 유지하기가 어려웠다. 열다섯 살밖에 안 된 딸이 집을 떠나도 그 이유를 알아보려고 하지 않았던 사람이 세속적인 의식에 불참하는 것을 두고 가족의 이름으로 그녀에게 화를 내고 있었다.

「아빠, 한 번이라도 절 이해하려고 애써 보세요. 전 이제 막 대학에서 강의를 시작했고 논문도 써야 하고…….」

아버지가 깜짝 놀라 그녀의 말을 끊었다. 내 딸이 대학에서 강의를 한다니! 그런 기적을 이룬 사람에게는 무엇이든 할 권리가 있었다. 「축하한다, 애야.」 그는 더듬거리며 말하고는 전화를 끊었다. 디안은 그가 30분 안에 그 소식을 도시 전체에 자랑스럽게 떠들어 대리라는 것을 직감했다. 그녀는 자부심은커녕 분노를 느꼈다.

정교수 자격 심사일이 하루하루 다가오는 동안은 차라리 나았다. 오로지 그것에만 몰두할 수 있었으니까. 올리비아는 디안을 자기 연구의 보조자로 소개했고, 그 덕분에 그녀는 심사 과정을 현장에서 지켜볼 수 있었다. 이제 마지막 고비를 넘어야 했다. 올리비아는 자신보다 실력이 훨씬 떨어지는 교수들의 비위를 맞춰 가며 그들로 구성된 심사단을 설득해야만 했다. 그녀는 〈푸샤르 교수님께서 저에게 베풀어 주신 가르침 덕분에〉, 〈살몽 교수님이 탁월한 논문에서 강조하신 것처럼〉 같은 틀에 박힌 형식적인 문구들을 망설임 없이 사용했다. 무엇보다 최근 미국 학술지에 발표한 열두 편의 논문이 지닌 일관성을 보여 주는 것이 중요했다. 올리비아는 아주 훌륭하게 해냈다.

디안에게는 긴 노고의 결실이었다. 그녀는 올리비아의 뛰어난 언변과 지성 그리고 능숙함에 다시 한번 감탄했다. 그와 동시에 2년간의 치열한 작업을 돌아보면서 두 사람의 협업과 절망의 순간 그리고 함께 극복한 어려움을 떠올렸다. 정교수가 되어야 할 사람을 정교수로 만드는 일에서 주된 역할을 해낸 것이 삶에서 가장 보람찬 일로 느껴졌다.

발표를 끝낸 올리비아가 디안 옆에 와서 앉았고, 심사단은 심의를 하기 위해 물러갔다.

「정말 잘하셨어요. 브라보!」 디안이 말했다.

「정말요?」 올리비아가 얼이 빠진 사람처럼 웅얼거렸다.

고통스러운 기다림 끝에 심사단이 돌아왔다. 이브 푸샤르는 오뷔송 부인이 심사단의 축하와 함께 정교수 자격을 획득했다고 선언했다. 올리비아가 디안의 손을 으스러뜨릴 듯 쥐고는 심사 위원들과 일일이 악수를 나누러 갔다.

심사장을 빠져나오면서 올리비아는 디안에게 자신이 누구 덕분에 정교수 자격을 땄는지 절대 잊지 않을거라고 말했다.

「새로 정교수 자격을 딴 사람이 작은 파티를 여는 게 관례예요. 모레 저녁 심사장에서 파티를 열 거예요. 당신은 마침내 내 남편을 만나게 될 거고, 나도 마침내 그를 다시 볼 수 있게 됐네요!」

「파티 준비 도와 드릴까요?」

「이미 날 충분히 도와줬어요, 디안. 당신한테도 써야 할 논문이 있잖아요.」

2년이 넘는 세월 동안 대부분의 시간을 올리비아와 함께 보낸 디안은 그녀와 떨어져 보낸 48시간이 매우 낯설었다. 파티가 열린 날 저녁, 그녀는 올리비아를 다시 만나게 돼서 행복했다.

「디안, 내 남편 스타니슬라스를 소개할게요.」

그는 날씬하고 우아한 50대 남자로 허우대가 멀쩡했다.

「잠시 인사 나누고 있어요.」 올리비아는 이렇게 말하

고는 다른 손님들을 맞이하러 갔다.

그런데 인사를 나누는 게 만만치 않았다. 스타니슬라스는 디안의 말을 듣는 둥 마는 둥 했고, 막상 듣게 되자 상황이 더 나빠졌다. 그는 아무것도 묻지 않았는데도 짜증이 난 표정으로 〈왜 나한테 그런 걸 물어요?〉라고 되물었다. 그리고 정작 그녀가 질문을 할 때는 아무 대답도 하지 않았다. 그녀는 그냥 입을 다물고 있는 편이 낫겠다고 판단했다. 그녀가 입을 다물자 그는 곧 안정을 되찾고 편안한 표정을 지었다. 디안은 그에게 사과하고는 슬그머니 자리를 옮겨 다른 사람들에게 다가갔다. 그 자리도 편하지 않았다. 아마 그녀가 파티에 참석한 사람들보다 스무 살은 어렸기 때문이었을 것이다. 그들은 그녀가 왜 파티에 초대되었는지 의아해하는 듯했다.

파티의 정점은 올리비아가 연설을 한 순간이었다. 그녀는 감격한 표정을 감추지 못한 채 연단으로 올라가 입을 열었다.

「저는 열다섯 살 때 알프레드 드 뮈세의 시를 읽다가 이 유명한 구절을 발견했습니다. 〈너의 심장을 쳐라, 천

재성이 거기 있으니.〉 우리는 청소년기에 그런 벼락같
은 순간을 경험하죠. 저는 그 순간 제 미래를 심장에 관
한 연구에 바치게 되리라는 것을 알았습니다…….」

　디안은 너무 놀라서 이어지는 말을 듣지 못했다.

　연설은 우레와 같은 박수 소리로 끝이 났다. 이브 푸
샤르가 건배를 제안했다. 디안이 사라진 것을 눈치챈
사람은 아무도 없었다.

다음 날, 디안은 그 연설이 왜 그토록 자신을 서운하게 했는지 생각해 봤다. 알프레드 드 뮈세는 모두의 작가가 아닌가. 2년 동안 하루도 빼놓지 않고 함께 지냈으니 올리비아가 깜빡 헷갈렸다고 해도 어찌 보면 지극히 정상적인 일이었다. 그녀는 두 번 다시 그 일을 떠올리지 않기로 다짐했다.

그리고 평소처럼 올리비아를 만나 점심을 함께 먹었다.

「어제는 정말 잘하셨어요.」 그녀가 공손하게 말했다.

「그랬죠?」

올리비아는 한껏 들떠서 그녀에게 이런저런 이야기

를 늘어놓았다. 디안은 그녀가 자신이 먼저 파티장을 빠져나온 걸 아예 모르고 있는 것 같아서 오히려 마음이 놓였다.

「스타니슬라스를 만나 보니 어땠어요?」

「아, 뭐라고 말해야 할지…….」

올리비아가 웃음을 터뜨렸다.

「미안해요. 미리 귀띔해 줬어야 했는데. 그이는 수학자고 전공 분야는 위상 기하학이에요.」

「그게 뭔데요?」

「솔직히 나도 전혀 이해할 수가 없었어요. 어쨌든 연구자들을 이상하게 만드는 것으로 유명한 학문이죠. 말만 안 시키면 돼요. 그러면 아무 문제 없으니까.」

「서로 대화를 안 하세요?」

「우리 부모님도 서로 말을 안 했어요. 내가 그 사실을 지적했더니 엄마는 이렇게 대답하더군요. 〈결혼한 지 30년이나 됐는데 서로 할 얘기가 뭐가 있겠니?〉 난 단지 그걸 조금 일찍 실행에 옮겼을 뿐이에요.」

디안은 좀 더 자세히 물어보고 싶었지만 무례해 보일까 봐 자제했다.

며칠 후, 올리비아가 그녀에게 그다음 날은 〈메스〉에서 다른 교수들과 함께 점심 식사를 할 거라고 알렸다. 메스는 대학 식당 안에서 정교수들만 식사를 할 수 있는 구역이었다.

「선생님도 마침내 거기서는 뭘 먹는지 알게 되겠군요.」 디안이 농담조로 말했다.

이틀 후, 그녀는 평소처럼 올리비아와 점심을 먹던 식당에 갔다. 하지만 올리비아는 오지 않았다. 다음 날도, 그다음 날도. 그제야 그녀는 올리비아가 더 이상 함께 점심을 먹지 않겠다는 것을 우회적으로 표현했다는 사실을 깨달았다. 〈정교수 자격을 따더니 하루아침에 사람이 달라졌네.〉 그녀는 이런 생각을 하지 않을 수 없었다.

그 때문에 복도에서 올리비아와 마주쳤을 때 디안은 냉랭하게 인사를 했다.

「이런, 디안, 무슨 일 있어요?」

「몰라서 물으시는 거예요?」

「아, 미안해요, 내가 신경을 썼어야 했는데. 당신도 메스로 와서 우리와 함께 식사해요!」

「선생님도 조교수 시절에는 메스에서 식사를 할 수 없다고 말했잖아요. 그런데 난 조교수도 아니에요.」

「난 이브와 로제가 기분 나빠하지 않을 거라고 확신해요.」

「선생님이 그 사람들을 얼마나 혐오하는지 귀에 못이 박히도록 들었는데 가고 싶겠어요?」

「쉿, 목소리 낮춰요. 누가 듣겠어요.」

그 말을 듣고 디안은 곧장 자리를 떴다.

며칠 후, 그녀는 사물함에서 쪽지를 발견했다. 〈오해가 생긴 것 같아 마음이 아프네요. 오늘 저녁 8시에 우리 집으로 저녁 먹으러 와요. 아무 부담 가지지 말고.〉

디안은 눈물이 나올 정도로 기뻤다. 올리비아가 집으로 초대하다니, 얼마나 오래전부터 꿈꿔 왔던 일인가! 어떻게 그녀가 올리비아의 우정을 의심할 수 있었을까?

문을 열어 준 사람은 스타니슬라스였다. 디안은 올리비아가 해준 말을 떠올리며 그에게 간단한 인사말만 건넸다. 그는 말없이 그녀를 고상하게 꾸며진 응접실로 안내하고는 혼자 남겨 둔 채 사라졌다. 그녀는 오랫동안 상상해 왔지만 아주 평범한 것으로 드러난 집 안을 둘러보며 한동안 앉아 있었다.

「어머나, 디안, 언제 왔어요? 날 부르지 그랬어요.」올리비아가 응접실로 들어서며 말했다.

「방해하고 싶지 않았어요.」

그들은 이런저런 이야기를 나누었다. 디안은 올리비아와 전혀 멀어지지 않았다는 것을 확인하고는 무척 기뻤다. 그녀는 다시 한번 자연스러운 품격으로 가득한 올리비아의 매력에 푹 빠졌다.

「난 가서 저녁 준비할게요. 무엇보다 저녁 식사에 대한 기대는 접어요. 내 전공 분야가 아니니까.」올리비아가 일어서며 말했다.

디안은 그녀를 따라 주방으로 갔고, 그녀가 샐러드와 생야채를 준비해 둔 것을 보고는 웃으며 말했다.

「내 이럴 줄 알았다니까요!」

「짓궂기는, 놀리지 말고 가서 상이나 차려요.」

식탁에 접시를 놓던 디안은 한 쌍의 눈이 몰래 자신을 엿보고 있다는 것을 알아차렸다. 올리비아의 딸이 분명했다. 생각해 보니 그 아이의 이름조차 몰랐다.

「거기 누구 있어요?」 그녀가 아주 부드러운 목소리로 장난치듯 속삭였다.

너무나 작고 말라서 여덟이나 아홉 살쯤 되지 않았을까 싶은 여자아이가 소심하게 모습을 드러냈다. 계산을 해보니 아이는 열두 살이어야 했다. 아이는 감히 그녀와 눈을 맞추지도 못했다.

「안녕, 이름이 뭐니?」

묵묵부답. 올리비아가 와서 화난 목소리로 말했다.

「이런, 마리엘, 넌 입이 없니?」

아이는 곧장 달아나 버렸다.

「귀엽네요!」 디안이 외쳤다.

「보다시피 사회성도 뛰어나죠.」 올리비아가 빈정대며 말했다.

「저 나이 때는 다 그래요.」

「그래요? 당신도 열두 살 때 저랬어요?」

「누구나 자기 속도로 자라죠.」

「자라요? 아마 그건 적합한 단어가 아닐 거예요.」

불편을 느낀 디안은 얼른 대화 주제를 바꾸고는 주방으로 가 무를 얇게 썰었다. 5분 후, 그녀는 기이할 만큼

새된 목소리가 이렇게 말하는 것을 들었다.

「엄마, 성적표에 사인해서 가져가야 해요.」

성적표를 받아 든 올리비아가 재빨리 훑어보고는 한숨을 내쉬며 아무 말 않고 사인을 해줬다. 마리엘은 또다시 달아났다.

「안 좋아요?」 디안이 물었다.

「늘 그래요.」 올리비아가 무심하게 말했다.

「내가 가봐도 될까요?」

「원한다면.」

디안은 복도를 따라가다가 첫 번째로 나온 문에 노크를 했다. 아무 대답이 없어서 문을 열었다가 침대에 누워 천장을 바라보고 있던 스타니슬라스와 눈이 마주쳤다. 그녀는 잽싸게 문을 닫고 다른 문을 열었다. 마리엘이 웅크린 채 바닥에 앉아 있었다.

「그 성적표, 내가 좀 봐도 될까?」

아이는 겁에 질려 아무 말도 하지 않았다. 디안은 가만히 성적표를 집어 들고 훑어보았다. 〈마리엘 오뷔송, 6학년.〉 그러니까 마리엘은 또래보다 이미 한 해 늦은 셈이었다. 성적은 한심하기 짝이 없었다. 학력이 너무 떨어져서 그런지 선생들도 감히 의견을 덧붙이지 못했다.

〈아버지는 수학을 연구하고, 어머니는 의대 교수인데…….〉 디안은 긍정적으로 말해 줄 뭔가를 필사적으로 찾으며 생각했다. 그녀는 마침내 체육 점수가 −3에서 −1로 오른 것을 찾아냈다.

「와! 체육 점수가 올랐네.」 그녀가 억지로 기쁜 티를 내며 어색하게 외쳤다.

뜻밖의 칭찬에 마리엘이 고개를 들었다. 아이가 너무나 예쁘게 웃어서 디안은 그녀의 어깨를 잡고 안아 주었다.

응접실로 돌아오던 그녀는 뭔지 알 수 없는 메달이 책장에 놓여 있는 것을 보았다. 올리비아가 그녀의 눈길을 보고는 자랑스럽게 말했다.

「필즈 메달이에요. 스타니슬라스는 서른아홉 살에 그 상을 받았죠.」

수학 분야에서 세계적으로 가장 유명한 상을 받은 사람이 아내의 부름으로 식탁에 앉아서는 샐러드 잎을 한 장씩 골라 자기 접시에 덜어 놓고 아주 신중하게 들여다보고 있었다. 그는 아무 말 없이 먹었다. 마리엘도 잔뜩 주눅이 든 표정으로 음식을 깨작거릴 뿐 아무 말도 하지 않았다. 그사이 안주인은 그들의 침묵에는 아랑곳하지 않은 채 매력을 과시하며 이런저런 이야기를 늘어놓았다. 마리엘이 힘들어하는 게 자꾸 눈에 밟히지 않았다면 디안도 기꺼이 그녀의 이야기에 귀를 기울였을 것이다.

식사가 끝나고 스타니슬라스가 일어나자 그의 아내가 말했다.

「너무 늦게까지 일하진 말아요, 여보.」

디안이 당황한 표정으로 자신을 바라보는 것을 알아차린 올리비아가 덧붙였다.

「저이가 침대에 누워 멍하니 천장을 바라보고 있는 거 봤죠? 저 사람은 위상 기하학 연구를 그렇게 해요. 하루에 4분씩 일어나서 생각한 것을 종이쪽지에 기록하죠. 놀랍죠, 안 그래요?」

남편 이야기를 할 때면 그녀의 얼굴이 자부심으로 환하게 빛을 발했다.

디안이 선물로 초콜릿 한 상자를 가져왔다. 올리비아

가 커피와 함께 먹으려고 상자를 열었다. 마리엘이 눈짓으로 자기도 하나 먹어도 되는지 물었다.

「하나 골라서 먹어 보렴, 아가야.」올리비아가 말했다.

〈아가야〉라는 말 때문이었을까, 아니면 초콜릿 때문이었을까? 마리엘의 얼굴에 환하게 기쁨이 피어났다. 아이는 탄성을 터뜨렸다. 디안이 웃으며 하나 더 먹어 보라고 권했다.

「그건 안 돼요. 살쪄요.」올리비아가 끼어들었다.

「마리엘은 성냥개비처럼 말랐어요!」디안이 항의했다.

「저 정도가 딱 좋아요.」

쌀쌀맞은 말투에 기겁을 한 마리엘이 서둘러 달아나 버렸다.

디안은 기가 막혀 말없이 앉아 있었다. 그 반응을 잘못 이해한 올리비아가 그녀의 불편한 심기는 아랑곳하지 않은 채 〈좋은 건강 습관은 일찍 들일수록 좋다〉, 〈밀크 초콜릿의 과다 섭취는 심혈관 질환의 발병에 무시할 수 없는 역할을 한다〉는 등의 진부한 논리를 늘어놓았다.

디안은 서둘러 그 집을 나오기 위해 있지도 않은 구실을 만들어 냈다. 올리비아도 분위기가 별로라는 걸 눈치챈 모양이었다. 여러 차례 그녀를 붙드는 척했으니까(「이렇게 빨리 가버리면 안 되죠! 내가 얼마나 오래전부터 이 순간을 기다렸는데……」). 디안은 딱 잘라 거절하고는 지금은 가봐야 하지만 내일 저녁에 다시 와도 되겠느냐고 덧붙였다.

「좋은 생각이에요.」 올리비아가 아무런 감흥이 없는 목소리로 말했다.

「괜찮으시다면 오후 6시경에 올게요.」

디안은 차를 몰면서 그것이 우연의 일치일 수밖에 없다고 생각했다. 그녀의 어린 시절과 정신적 외상을 입은 그 가엾은 아이 사이에 어떻게 공통점이 있을 수 있겠는가? 무엇보다 그토록 영리한 올리비아 오뷔송과 그녀의 엄마 사이에 어떤 유사성이 있을 수 있겠는가? 그녀는 그 문제를 더 파고들지 않기로 마음먹었다.

그것은 하나의 의식(儀式)이 되어 버렸다. 디안은 이틀에 한 번꼴로 오후 6시에 올리비아의 집을 방문해 마리엘의 숙제를 도와주었다. 처음에는 정말이지 난감했다. 읽기와 쓰기는 그럭저럭하는 편이었지만 그게 다였다. 디안은 마리엘이 심각한 애정 결핍을 겪고 있다는 것을 자각하지 못하도록 〈네 엄마와 아빠는 어떻게 이런 것도 설명을 안 해주고……〉와 같은 민감한 발언은 애써 피했다.

반면에 올리비아는 자신의 잘못을 흐지부지 떠넘길 기회를 절대 놓치지 않았다.

「디안, 엄마들한테 죄책감을 느끼게 하려는 최근의

분위기가 얼마나 가증스러운지 알아요? 엄마들이 자식을 충분히 돌보지 못하는 것을 부끄러워하게 만들려고 온갖 구실이 동원되죠. 아빠들에 대해선 일언반구도 없어요.」

「맞아요, 그 문제에서 아빠들을 쏙 빼놓는 건 참을 수 없는 일이에요. 물론 아빠가 자폐증의 경계에 있는 경우는 빼고요.」

「그이가 얼마나 대단한지 알아요? 늘 정시에 아이를 학교에 데려다주고 데리러 가요. 아이들이 학교 앞에서 서성이며 부모를 기다리는 것을 보면 얼마나 마음이 아픈지 모르겠다니까.」

「아닌 게 아니라 스타니슬라스는 자신에게 할당된 임무에 대해서는 놀라울 정도로 정확하죠.」

「디안, 당신의 헌신이 눈물겹도록 고맙긴 하지만 소중한 시간을 낭비하진 말아요. 있잖아요, 마리엘은 결코 천재가 되지 못할 거예요.」

「난 그냥 마리엘이 6학년 과정을 성공적으로 마칠 수 있도록 도와주는 것으로 만족해요. 안 그래도 많이 나아졌어요.」

「그럼 당신 논문은? 당신 공부는요?」

「마리엘에게 바치는 시간은 선생님의 정교수 자격 심사를 준비할 때 바친 시간에 비하면 아무것도 아니에요.」

「하지만 그건 당신에게도 좀 더 도움이 되었을 것 같은데요.」

「서로 비교할 수 있는 게 아니죠. 어쨌든 마리엘하고는 마음이 잘 통해요.」

「알고 있겠지만 그런 아이는 원래 애착이 심하죠.」

그 끔찍한 말을 들으면서 디안은 〈어떻게 저런 말을 할 수 있지?〉라고 생각했다. 최소한 그때부터 그녀는 올리비아를 다른 눈으로 보기 시작했다. 올리비아가 중요하게 여기는 것은 오로지 자신의 평판뿐이었다. 눈부신 경력, 뛰어난 남편. 그녀의 이력은 인상적이었다. 말을 걸지 않는 한 스타니슬라스는 이상적인 배우자였다. 게다가 그녀에게는 자식도 있었다. 누구도 〈사회적 성공을 위해 여성으로서의 삶을 버렸다〉라고 그녀를 비난할 수 없었다. 거기까지 생각이 미치자 디안은 온몸에 소름이 돋았다. 올리비아처럼 지적인 사람이 어떻게 오로지 그 이유만으로 자식을 낳을 수 있단 말인가? 디안은 마리엘이 어쩌다 보니 생긴 아이가 아니라는 걸 알고 있었다. 올리비아가 아주 어렵게 임신을 했다고 털어놓은 적이 있었다.

〈아무리 그래도 네 친구잖아. 그녀를 재단하지 마.〉 디안은 수시로 이렇게 되뇌었다. 그러면 내면의 목소리가 곧바로 되물었다. 〈그녀가 네 친구라고?〉 그녀가 친구라는 것을 확신하려면 정교수 자격 심사 이전의 행복했던 시절을 떠올려야 했다. 아뿔싸, 한때는 찰떡같았던 관계에서 과연 뭐가 남았는가?

거드름을 피우는 교수들을 비웃으며 디안을 웃게 했던 올리비아는 이제 그들의 행동거지를 그대로 따라 했다. 그녀는 교수들과 편하게 말을 주고받으며 이름으로 그들을 불렀다. 그러다가 사람들이 그녀가 누구를 이야기하는지 못 알아들으면 놀라워했다(「이런, 어떤 제라르라뇨? 미쇼 말이에요, 미쇼!」). 그들이 다니는 스포츠 클럽에 가입했고, 그들과 어울릴 기회가 생기면 만사를 제쳐 두고 달려갔다. 사실 좀 짜증이 나긴 해도 그녀 입장에서는 디안이 〈베이비시터〉 노릇을 해주는 게 다행스러운 일이기는 했다. 스타니슬라스와 마리엘은 디안에게 떠맡기고 사교적인 일을 할 수 있었으니까.

스타니슬라스를 챙기는 건 간단했다. 8시 정각에 저녁만 차려 주면 그는 아무런 불만도 내비치지 않았다. 장장 2년이 넘는 세월 동안 마리엘이 말 한마디 않고 몽상에만 빠져 있는 아빠 말고는 함께 시간을 보낼 사람이 아무도 없었다는 것을 생각하면 디안은 화가 치밀었다.

〈올리비아의 태도가 변한 건 사실이야. 그래도 그녀를 대하는 내 태도보다는 덜 변했어.〉 그녀는 이렇게 자신을 꾸짖었다. 어떻게 그녀가 마리엘의 엄마에게 예전과 똑같은 우정을 느낄 수 있었겠는가?

〈나는 객관적이지 않아. 내 어린 시절의 기억을 통해 그 아이를 보고 있어.〉 그녀는 자신을 타일렀다. 마리엘의 고통이 그녀의 고통을 되살려 놓는 건 확실했다. 〈그래도 나한테는 할머니와 할아버지, 아빠와 남동생이 있었잖아. 마리엘은 그 긴 세월 동안 누구의 애정도, 관심도 받지 못했어.〉 용한 점쟁이가 아니더라도 마리엘에게 또래 친구가 없고, 있어 본 적도 없다는 것쯤은 능히 짐작할 수 있었다.

마리엘과 디안은 깊은 정을 나누게 되었다. 디안이
집에 도착하면 마리엘은 그녀의 품으로 달려들었다. 디
안은 마리엘의 숙제를 도와주는 것에 그치지 않았다.
마리엘의 머리카락이 지저분하다는 것을 알게 된 디안
은 머리를 더 자주 감으라고 충고했다. 아이가 자기는
머리를 감을 줄 모른다고, 엄마가 〈가끔〉 감겨 준다고
대답했다.

디안은 욕조에 대고 마리엘의 머리를 감겨 주었다.
그다음에는 드라이어를 가져와 마리엘에게 머리를 앞
으로 숙이라고 말했다. 머리카락을 말리는 동안 그녀는
마리엘이 자신의 배에 이마를 기대는 것을 느끼고 전율
했다. 어린 시절 엄마가 그녀의 머리카락을 말려 줬을
때 자신이 똑같은 자세를 취했던 게 떠올랐던 것이다.
그녀는 그때 자신이 여신과 닿는 방법을 알아내고 감격
했던 것을 생생하게 기억했다.

〈하지만 난 여섯 살이었어. 열두 살은 아무래도 좀 늦
은 감이 있어.〉 그녀는 마리엘에게 머리 감는 방법을 가
르쳐 주었다.

「얘기 좀 해요.」어느 날 밤, 마리엘이 잠자리에 들자 올리비아가 말했다.

「말씀해 보세요.」

「나, 연구에 더욱 매진하고 싶어요. 정교수 자격 심사 이후로 나한테 이미 이룬 것에 안주하는 경향이 생겼어요. 그럼 안 되는데. 시기가 좋아요, 이런저런 아이디어가 많으니까.」

「잘됐네요!」

「그래서 당신 도움이 필요해요. 두 번에 한 번꼴로 내 강의를 대신해 줄 수 있겠어요?」

「난 교수가 아니에요. 그런 건 못 해요.」

「그럴 리가요, 충분히 해낼 수 있어요! 당신은 자기가 얼마나 똑똑한지 몰라요. 당신이라면 뭐든 할 수 있어요.」

그 칭찬에 우쭐해진 디안이 미끼를 덥석 물었다.

「고마워요. 하지만 시간을 많이 빼앗길 텐데…….」

「나도 생각해 봤는데 시간을 빼앗기는 건 아니에요. 강의를 하다 보면 공부와 논문뿐만 아니라 조교수 자격을 취득하는 데도 큰 도움이 될 테니까.」

「조교수 자격이라니요, 난 아직 멀었어요!」

「우리는 해낼 수 있을 거예요.」

〈우리〉라는 말이 디안에 귀에 와서 박혔다. 그녀는 그 말을 어떻게 해석해야 할지 몰라 잠시 망설였다.

「물론 마리엘을 돌볼 만큼 한가하진 않겠죠.」올리비아가 말을 이었다.

속이 뻔히 보였다. 그래서 디안은 못 알아듣는 척했다.

「그래도 마리엘을 돌볼 시간은 있을 거예요.」

「물론이죠. 그래 주면 나야 더할 나위 없이 고맙죠.」

디안은 그녀의 입가에 잡히는 쓴 주름을 알아보았다. 그녀는 돌아가신 할머니가 했던 말을 떠올렸다. 질투가 마음을 지배하는 데에는 이유 따윈 전혀 필요가 없었다. 그녀의 엄마도 그랬지만 올리비아의 경우에는 얼마나 딱 들어맞는 말인지! 그러니까 누구나 선망하는 대학교수라는 직업을 가진 데다 성숙하고 매력적이고 아름다운 여인이라 해도 한때 자신을 흠모했던 아가씨가 허약한 데다 정신적 외상에 시달리는 자기 딸에게 관심을 기울이면 질투에 사로잡힐 수 있었다.

그 제안이 망가지고 있는 우정에 대한 향수 때문은

아니었으니까. 만약 그랬다면 올리비아는 감정에 호소
하려 들었을 것이다. 디안은 생각했다. 〈최악이지만, 만
약 그랬다면 통했을지도 몰라. 차라리 그녀가 나를 그
냥 야심가로 여기는 게 나아. 그런 척하지 뭐.〉

디안은 어느 때보다 과로에 시달렸다. 올리비아 대신 강의를 하고, 논문을 쓰고, 공부하고, 야간 당직을 서고, 마리엘을 돌보다 보면 하루에 겨우 두 시간 눈을 붙일까 말까였다. 〈어떻게 버티는지 나도 모르겠어.〉 그녀는 생각했다. 너무 피곤해서 먹는 것과 자는 것 중에 하나를 선택해야 한다면 그녀는 조금도 망설이지 않았을 것이다. 잠이 성배가 되어 버렸다. 그러다 보니 그녀는 점점 말라 갔다.

　「조심해요. 예쁜 모습 다 사라지겠네.」 올리비아가 말했다.

　디안은 그 모호한 배려의 말을 흘려들었다. 그러고는

올리비아가 자신에게 부여한 역할, 즉 야심만만한 의학도의 역할을 충실히 수행했다.

그녀의 엔진은 사랑과 증오가 섞여 만들어진 폭발물을 연료 삼아 돌아갔다. 그중 사랑은 대견하게도 점점 더 나아지는 모습을 보여 주는 마리엘을 향한 것이었다. 마리엘은 이제 전 과목에서 만족할 만한 성적을 거뒀다. 디안은 매번 그녀를 안고 입을 맞추며 축하의 말을 해주었다. 그때마다 아이의 환한 얼굴이 그간의 노력을 보상해 주었다.

올리비아의 말이 맞았다. 디안이 대신한 강의는 매우 성공적이었다. 새파랗게 젊은 여자가 강의를 하러 들어오자 당황하던 학생들은 얼마 안 가 오뷔송 교수의 조수에게 푹 빠져 버렸다. 강의가 끝날 때마다 디안은 자기 안에서 설명할 수 없는 열기가 흘러넘치는 것을 느꼈다.

증오의 경우에는 훨씬 복잡했다. 〈누군가를 증오한다는 걸 어떻게 알 수 있지?〉 그녀는 올리비아와 함께 있을 때 가끔 이런 생각에 빠져들었다. 함께 있지 않을 때는 그녀를 증오하는 게 한결 쉬웠다. 마리엘을 대하는 태도 몇 가지만 떠올려 봐도 올리비아의 얼굴을 진흙탕에 처박고 싶었으니까. 〈이런 감정이 증오일 거야.〉 그녀는 이렇게 진단했다. 이런 강렬한 순간을 제외하고는, 그녀가 올리비아에게 느끼는 감정은 깊이를 알 수 없는 실망감과 유사했다. 〈이건 너그러운 감정이야. 내가 그녀에게 기대가 컸다는 걸 증명하니까.〉

디안이 논문에서 아주 까다로운 대목을 수정하고 있는데 누가 연구실 문을 두드렸다.

「들어오세요.」 그녀가 말했다.

엘리자베스였다. 한동안 워낙 소원하게 지낸 터라 엘리자베스와 마주하자 그녀는 깜짝 놀랐다.

「전화를 해도 통 안 받아서 이렇게 직접 찾아왔어.」

「용서해 줘. 내가 요즘 미친 사람처럼 일하느라 그래.」

「좀비가 따로 없네. 어떻게 된 건지 얘기 좀 해봐.」

디안은 엘리자베스에게 자신의 상황을 설명했다. 엘리자베스가 인상을 쓰며 물었다.

「그 여자, 너한테 강의료는 지불하겠지?」

「물론이지. 금전적인 부분은 늘 확실했어.」

「덜 확실한 부분이 있다는 얘기야?」

「무슨 소릴 하고 싶은 거야?」

「그 여자가 널 이용해 먹는다는 느낌 안 들어?」

「안 들어. 올리비아는 정교수가 되길 원치 않았어. 정교수 자격 심사에 응모해 보라고 설득한 사람은 나야. 내가 밀어붙였던 거야.」

「알았어, 알았어. 그럼 지금 그 여자는 정교수 자격을 따서 아주 불행하겠네?」

「물론 만족이야 하지. 당연한 거잖아. 그 부분에서 그녀를 공격해선 안 돼.」

「그 여자를 공격하는 게 아냐. 다만 네가 그토록 애를 써가며 정교수 자격 심사에 응모하라고 그 여자를 설득하지 말았어야 했다고 생각하는 거지.」

디안은 엘리자베스가 정확히 짚었다고 생각했다.

「그래서 날 찾아온 이유가 뭐야? 내가 살아 있는지 죽었는지 확인하려고 이렇게 직접 행차하지는 않았을 거 아냐.」

「널 내 결혼식에 초대하려고 왔어.」 엘리자베스가 선언했다.

「뭐라고?」

「여기서 문제, 내가 누구랑 결혼하게?」

「전혀 모르겠어.」

「가장 친한 친구가 결혼을 한다는데 너는 누구랑 하는지도 모른다는 거지. 브라보!」

「알아, 내가 요 근래 소원했던 거. 미안해.」

「요 근래가 아니라 최근 몇 년이야. 미리 경고하는데 난 네 동생이랑은 달라. 내 결혼식에 불참하는 건 절대 용납하지 않을 거야.」

「누구랑 결혼하는데?」

「말 안 해줄 거야. 그래야 궁금해서라도 올 테니까. 당분간 비밀.」

「설마 내 동생은 아니겠지?」

「미쳤니? 기억이 가물가물한 모양인데 그 애는 이미 결혼했어.」

「그사이 이혼했을 수도 있지.」

「보아하니 세상과 아예 인연을 끊었군. 올리비아도 초대할까?」

「아니. 뭐 하러?」

「짝을 이루는 두 사람을 모두 초대하는 게 예의니까.」

「이미 말했듯이 우리는 그런 관계가 아냐.」

「그사이 달라졌을 수도 있잖아. 어쨌거나 네가 그 여자와 그런 사이가 아니라면 넌 누구하고도 그런 사이가 아냐.」

「그게 알고 싶었다면 그냥 물어보면 되잖아.」

「너 정말 까칠해졌구나! 잘 들어, 결혼식은 3월 30일이야. 안 오면 내가 데리러 올 테니까 슬그머니 꽁무니 뺄 생각은 아예 하지 마.」

3월 30일은 까마득해 보였다. 하지만 시간은 섬뜩할 정도로 빨리 흘렀다. 그녀는 시간이라는 과일에 더는 과육이 남아 있지 않을 정도로 일에 매진했다. 매일매일은 하루분의 속살을 지니고 있었지만, 그것을 베어 먹는 건 그녀가 아니었다.

1월의 어느 날 아침, 그녀는 자신이 스물여덟 살이 되었다는 것을 깨달았다. 〈내가 지금 마흔여섯 살이 되었다고 하더라도 과연 뭐가 달라질까?〉 그녀는 무심히 생각했다.

그 리듬에 따라, 3월 30일이 어느새 코앞에 다가왔다. 운명의 날, 그녀는 결혼식에 입고 갈 만한 옷이 없다는 것을 깨달았다. 간신히 옷장에서 서로 어울리는 치마와 상의 한 벌을 찾아냈다. 너무 헐렁해서 보기에 안쓰러웠지만 그나마 우아한 것으로 간주될 만한 옷은 그것뿐이었다. 〈아무렴 어때, 유일하게 아쉬운 건 몇 시간이나 작업을 하지 못한다는 점이야.〉 그녀는 생각했다.

하얀 드레스를 아름답게 차려입은 엘리자베스가 그녀에게 남편 될 사람, 무척이나 호감형인 필리프라는 남자를 소개했다. 〈한사코 비밀에 부치더니 그럴 만했네.〉 그녀는 생각했다. 되 부부는 오랜만에 그녀를 보고 몹시 반가워했다. 디안도 그들을 다시 만난 감회가 너무 커서 내심 놀랐다. 그날의 재회는 그녀가 영원히 넘겨 버렸다고 믿었던 삶의 한 페이지를 일깨워 주었다.

그녀는 샴페인 잔을 가지러 가다가 방금 미용실에서 달려온 것 같은 모습으로 하객들과 인사를 나누느라 여념이 없는 올리비아를 발견하고 깜짝 놀랐다.

그녀는 엘리자베스에게 달려가 왜 올리비아를 초대했느냐고 물었다. 엘리자베스는 체면치레로 청첩장을

보냈을 뿐인데 즉시 참석하겠다는 연락이 와서 자신도
당황스러웠다고 대답했다.

「저기 있는 남편하고 같이 초대했는데, 너한테 무슨
문제라도 되니?」

「아냐, 됐어.」

올리비아가 그녀를 못 보았기게 더욱이 문제가 될 건
없었다. 〈연구에 매진하느라 시간이 부족하다더니 이러
느라 그랬군. 왜 나한테 강의 절반을 떠맡겼는지 이제
알겠네.〉 속으로 빈정대기는 했지만 그녀는 올리비아의
모습에 반하지 않을 수 없었다. 3년 전에 만났던 그 엄
격한 여자는 어디로 사라져 버렸을까? 아주 세련되게
차려입은 올리비아는 기회가 있을 때마다 환하게 웃음
을 터뜨렸다. 남녀를 불문하고 모두가 그녀에게서 눈을
떼지 못했다. 〈엄청 뻣뻣했는데 언제 저렇게 변한 거
지?〉 디안은 의아해했다.

아뿔싸, 그녀는 답을 알고 있었다. 결혼식에 참석하
려고 화장을 하다가 그녀는 자신의 얼굴이 나무껍질처
럼 메말라 버린 것을 보고 큰 충격을 받았다. 야위기만
한 것이 아니었다. 그녀가 잃어버린 것은 우아함이었

다. 그런데 바로 그 우아함이 올리비아에게서 환히 빛을 발하고 있었다.

한순간 그녀는 옛 친구의 아름다운 모습을 보고 기뻤다. 그런데 갑자기 자신의 영혼이 둘로 쪼개지면서 구렁이 열리는 것을 느꼈다. 입을 쩍 벌린 그 고통의 유혹이 너무나 강력해서 자신의 존재 전부가 그 속으로 빨려 들어갈 것 같았다.

〈이럴 수는 없어. 이렇게 허망하게 무너질 수는 없어.〉그녀는 저항했다. 그래서 급히 다른 곳으로 눈길을 돌렸다. 그때 조금 떨어진 곳에서 손에 든 과일 주스 잔을 멍하니 응시하고 있는 스타니슬라스를 발견했다. 그녀는 마리엘이 집에 혼자 있을 거라고, 이 가면무도회를 벗어나 어서 그 아이에게 달려가면 좋겠다고 생각했다.

말할 것도 없이 올리비아는 마리엘 생각은 눈곱만큼도 하지 않았다. 디안은 고개를 숙인 채 그녀가 무슨 말을 하는지 엿듣기 위해 다가갔다. 「……아드님요, 그럼요, 알다마다요. 막심은 아주 명민한 학생이죠. 그런 학생을 가르치는 게 저한테는 큰 기쁨이랍니다.」 디안은 웃음이 터져 나오려는 걸 참았다. 올리비아는 결코 학생들의 이름을 기억하지 못했으니까. 「맞아요, 제가 대학에 몸담은 지 20년이 넘었어요. 그렇게 안 보인다고요? 호호, 상냥하기도 하시지! 솔직히 일하느라 바빠서 늙을 시간조차 없답니다.」〈웃기고 앉았네.〉디안은 속으로 비웃었다. 그녀는 영혼의 구렁이 다시 닫히는 것을 느끼며 안도감을 맛보았다.

「이 샴페인, 정말 좋네요! 도츠인가요? 그럼요, 마셔 보기만 하면 알죠. 전 늘 인생의 목적이 좋은 샴페인을 마시는 거라고 말한답니다.」 여기서 디안은 터져 나오는 웃음을 참기가 정말 어려웠다. 올리비아는 샴페인을 페스트라도 되는 양 경계했다. 자기 통제력을 상실할까 봐 두려워했으니까. 디안은 올리비아의 잔에 눈길을 던지지 않을 수 없었다. 잔은 가득 차 있었다.

「넌 도대체가 저 여자 말고 다른 사람 좀 쳐다볼 수 없니?」 엘리자베스가 다가와 말했다.

「저 여자 초대하지 말라고 부탁했잖아.」

「그 부탁 안 들어준 게 별로 미안하진 않네. 상황의 심각성을 가늠해 볼 수 있게 해주니까.」

「그래서 나에 대한 판단은 끝냈니?」

「난 널 판단하는 게 아냐. 걱정하는 거지. 넌 끔찍한 뭔가에 빠져들고 있어. 내 말 좀 믿어, 더 이상 저 여자와 얽히지 않게 해봐. 이런, 호랑이도 제 말 하면 온다더니…….」

올리비아가 다가와 신부에게 축하의 말을 건네고는 그제야 디안이 있는 걸 알아차린 척했다.

「어머나, 예쁜 옷걸이가 있어서 누군가 했더니 당신이었어요?」

「연구에 큰 성과가 있었나 봐요. 아주 좋아 보이네요.」 디안이 대답했다.

「그래요, 누군가 당신의 연구를 훌륭하게 보조했다는 걸 확연히 알겠어요.」 엘리자베스가 끼어들었다.

상황이 불리하다고 느낀 올리비아는 가볍게 웃어 주고는 자신과 이야기를 나누고 싶어 하는 사람들 가운데 하나에게 자진해서 끌려갔다.

「밥맛없는 여자 같으니!」 엘리자베스가 말했다.

「처음 만났을 때는 저렇지 않았어.」

「저 여자 변호하는 거 제발 그만둬 줄래? 정말 가증스러워! 재잘대면서 으스대는 꼴 좀 봐. 네가 죽을 고생을 해서 정교수 자격을 따게 해줬는데 저 여자는 사람들 틈에서 잘난 척이나 하려고 아직도 널 이용하고 있어. 자, 이 쿠키 좀 먹어, 명령이야. 비쩍 말라 가지고, 널 보면 눈물이 날 지경이야!」

「일전의 일은 미안해요.」며칠 후 저녁때 올리비아가 마리엘을 돌봐 주러 온 디안에게 말했다.

「일전의 일이라뇨?」

「당신 친구 결혼식 때. 당신한테 터무니없이 불쾌하게 굴었어요. 나도 왜 그랬는지 모르겠어요.」

「다 잊었어요.」

「잘됐네요. 있잖아요, 당신은 나한테 아주 중요한 사람이에요. 그건 그렇고, 한 가지 제안이 있어요.」

〈이럴 줄 알았다니까.〉디안은 일을 또 떠맡길까 봐 두려웠다.

「앞으로는 서로 말을 놓으면 좋겠어요.」올리비아가

웃으면서 말했다.

전혀 예상하지 못한 일이라 디안은 눈이 휘둥그레졌다. 감동한 그녀는 결국 받아들였다.

「동의하는 거야? 아, 이제야 마음이 놓이네. 말을 놓으면 우린 훨씬 더 잘 통할 거야.」

「당분간 좀 봐줬으면 좋겠어. 나도 모르게 말을 높일 것 같거든.」⁶ 디안이 부탁했다.

「괜찮아. 우린 진작 말을 놓았어야 했어. 마리엘이 너와 말을 놓고 지내는 걸 보니 나도 그래야겠다는 생각이 들더라고.」

디안은 화가 치밀었다. 〈그러면 그렇지, 그저 딸에 대한 질투일 뿐인데 난 어떻게 우정의 표시라고 생각했을까?〉

얼마 지나지 않아서 그녀는 말을 놓기로 한 것을 뼈저리게 후회했다. 존대를 그만두자 올리비아는 그나마 희미하게 남아 있던 존중의 흔적을 완전히 지워 버렸

---

6 프랑스에서는 존댓말과 반말의 개념이 우리와는 다르다. 우리는 말을 높이고 낮추는 것이 당사자 간의 나이나 신분 차이와 관련이 있지만 프랑스에서는 심적인 거리와 관련이 있다. 다시 말해 나이나 신분과 관계없이 가까운 사이라고 여길 때 말을 놓는다.

다. 이전에는 〈미안하지만 논문 수정 맡긴 건 마쳤어요?〉라고 말했다면, 이제는 〈그건 그렇고 수정 끝났니?〉라고 줄여 말했다.

반말에서 사라져 버린 것은 바로 〈당신〉이었다. 올리비아는 더 이상 특정한 대상에게 말을 하지 않았다.

디안은 남은 용기를 모두 모아 올리비아에게 앞으로는 강의를 대신해 줄 수 없을 것 같다고 말했다.

「내 논문 심사가 9월로 잡혀 있는데 준비가 전혀 안 됐어.」

올리비아는 이제 겨우 4월인데 뭘 벌써 그러느냐는 식으로 말했다.

「도와줄게.」

「안 그래도 돼.」

「내가 경험을 통해 얻은 요령이 너한테 도움이 될 수도 있어.」 올리비아가 고집을 부렸다.

〈그렇다면야 굳이 거절할 이유가 뭐 있어?〉 디안은 생각했다.

올리비아의 헌신은 그녀를 깜짝 놀라게 했다. 올리비

아는 휴가도 포기하고 여름 내내 디안 곁에 남았다. 그리고 전혀 근본적인 것은 아니었지만 능숙하고 유용한 조언을 해주었다.

논문 심사 일주일 전, 디안은 올리비아에게 며칠 휴가라도 다녀오라고 말했다.

「이 정도면 날 위해 할 만큼 해줬어. 스타니슬라스와 마리엘은 내가 돌볼게.」

「내 아이들을 맡아 줘서 고마워.」 올리비아가 웃으며 말했다.

그녀가 돌아오기 전날, 디안은 오뷔송 부부의 아파트를 대충 치웠다. 그러다가 우연히 밀봉되지 않은 커다란 크라프트지 봉투를 발견했고, 무심코 그 내용물을 꺼내 보았다. 그것은 올리비아 명의로 된 논문의 수정 초안이었다. 디안의 논문에서 가장 독창적이고 뛰어난 요소에 기초해 쓴 것이었는데, 정작 디안에 대한 언급은 어디서도 찾아볼 수 없었다.

디안은 논문을 봉투에 도로 넣고 앉아서 생각에 잠겼다.

〈이 괴물 같은 여자 때문에 내 미래를 위태롭게 하진 않을 거야. 더군다나 그녀는 내 논문의 심사 위원이기도 하니까. 내일까지는 이를 악물고서라도 참고 그다음에 아무런 해명 없이 끝낼 거야. 이러다간 그녀를 죽이고 말 것 같아.〉

올리비아와 관계를 끊는 것은 마리엘과 인연을 끊는 것을 의미했다. 그 사실이 슬프기는 해도 아이의 엄마를 살해하는 것보다는 나았다.

그날 밤, 그녀는 마리엘을 재우며 온 마음을 담아 아이를 안아 주었다.

「잘 자, 마리엘.」 그녀는 아이의 방 문을 닫으며 말했다.

디안은 논문을 마지막으로 훑어보고 잠자리에 들었다. 그러고는 자신의 차분함에 놀라움을 금치 못하며 서서히 잠에 빠져들었다.

마침내 디데이, 그녀는 올리비아를 데리러 역으로 갔다.

「지금 한창 논문 들여다보고 있어야 하는 거 아냐?」

「다 외울 정도로 꿰고 있어. 얼굴이 좋아 보이네.」

논문 심사는 점심 식사 후에 시작되었다. 올리비아에 대한 증오가 극에 달한 상태에서 디안은 어느 때보다 자신을 통제하려고 애썼다. 그녀는 단 한 번도 적어 온 것을 꺼내 들여다볼 필요가 없었다. 올리비아가 표절해 가서 자기 논문의 기초로 삼은 부분을 발표할 때는 특히 그녀를 똑바로 쳐다보며 설명을 해나갔다. 올리비아는 논문이 그런 탁월한 수준에 도달한 게 자기 덕분이라도 되는 양 발표 내내 뿌듯한 미소를 지어 보였다.

다른 심사 위원 두 사람이 몇 가지 질문을 했다. 디안은 훌륭하게 대답을 해냈고, 교수들이 그녀에게 베풀어 준 〈어마어마한 도움〉에 대해 고마움을 표했다. 심의를 위해 방을 나섰던 심사 위원들이 얼마 안 있어 돌아왔다. 심사 위원단은 디안의 논문이 통과되었다고 선언하며 축하의 박수를 보냈다.

올리비아가 자기 집에서 논문 통과를 축하하는 작은 파티를 하자고 제안했다. 디안은 예전에 둘이 자주 가던 식당에서 저녁 식사를 하면 좋겠다고 말했다.

오랜만에 그들을 본 종업원들이 반가워하며 주문도 하기 전에 샐러드 두 접시와 광천수 한 병을 가져다주었다. 올리비아가 샐러드를 먹으며 논문 발표를 아주 훌륭하게 해냈다고 그녀를 칭찬했다.

「발표를 잘한다는 건 이미 알고 있었지만 그 정도일 줄은 몰랐어. 정말 놀라웠어.」

〈뭘 그 정도 가지고. 놀라 자빠질 일은 이제부터야.〉 디안은 고맙다고 말하며 이렇게 생각했다.

샐러드 접시가 비자 디안이 올리비아에게 긴히 할 말

이 있다고 말했다.

「뭔데? 말해 봐.」

「나 대학을 떠날 거야.」

「뭐라고?」

「지금 말한 대로야.」

「어떻게 나한테 그럴 수가 있니?」

「너하고는 아무 상관 없는 일이야. 내 꿈은 늘 사람들을 돌보는 거였어, 가르치는 게 아니라.」

「넌 가르치는 데 재능이 있어!」

「설사 그렇다 하더라도 달라지는 건 아무것도 없을 거야.」

「논문 심사를 끝내 놓고 나한테 그런 말도 안 되는 소릴 지껄이는 거야?」

「왜 그렇게 흥분해? 논문 심사 전에 내가 말을 했다면 그래도 네가 내 논문을 통과시켜 줬을까?」

그녀는 올리비아의 눈에서 대답을 읽어 냈다. 〈그걸 말이라고! 그랬다면 당연히 물 건너갔겠지!〉 그녀는 전혀 눈치채지 못한 척했다.

「나 혼자 어쩌라고?」 올리비아가 화를 냈다.

「말만으로도 고마워.」올리비아의 말을 잘못 이해한 척하며 디안이 말했다. 「하지만 너에겐 내가 필요 없어.」

「아니, 꼭 필요해! 네가 없으면 연구에 몰두할 시간을 내기가 어려울 거야.」

「지난 몇 달 사이에 연구에 진척이 꽤 있는 것 같던데…….」

「이제야 알겠군. 내 물건을 뒤졌구나!」

「무슨 말을 하는지 도통 모르겠어.」

「이런 멍청한 것! 연구자들 사이에서는 늘 그렇게 해 왔어! 고작 그깟 일로 화가 났다면 넌 아직 아무것도 이해하지 못한 거야.」

「네가 무슨 말을 하는지 못 알아듣겠어.」

「그래, 아무것도 모르는 척해. 뭐가 널 기다리고 있는 지 빤히 보인다. 환자들은 인류의 찌꺼기야. 넌 학생들을 그리워하게 될 거야, 건방진 것!」

「무엇보다 교수들을 그리워하게 되겠지.」

「그래, 실컷 비웃어 봐라! 대학에 있을 때나 지성에 둘러싸여 있지. 넌 심장병 환자들을 다루게 될 거야. 그

중 열에 아홉은 지방 과다로 인한 거고. 처방으로 식이 요법을 내놓겠지. 네가 버터를 끊으라고 충고하면 그 사람들은 널 마치 살인자처럼 쳐다볼 거야. 석 달 후 다시 그 사람들을 진찰하면 변화가 전혀 없는 것에 놀라게 될 거고. 그 사람들은 아무 거리낌 없이 거짓말을 해대거든. 〈선생님, 저도 이해가 안 돼요. 전 선생님이 하라는 대로 했거든요.〉 심장학 연구를 할 때는 귀족적인 삶을 누릴 수 있지만, 대학을 떠나서 임상의로 활동하면 돼지들만 돌보게 돼.」

「돼지들 돌보는 것도 괜찮을 거 같아.」 디안이 웃으며 말했다.

「멍청한 짓거리를 보면 알레르기 반응을 보이는 네가 정말로 지성을 포기할 수 있겠어?」

「내가 바보짓에만 알레르기 반응을 보이는 건 아니야.」

「그게 무슨 소리야?」

「알잖아.」

「네가 어떤 점에서 나를 제일 비난하는지는 알지. 넌 내가 나쁜 엄마라고 생각하잖아. 도대체 무슨 권리로 날 비난하는 거니? 너도 나처럼 운이 나쁘면 똑똑하지 못한 아이를 낳게 될 거야. 그때 네가 어떤 엄마가 될지 두고 보지.」

「난 엄마가 되지 않을 거야.」

「그걸 어떻게 알아?」

「난 알아.」

「이런, 무슨 말을 하려는 건지 알겠군. 처음 만났을 때는 너도 제법 예뻤지. 그런데 이제 예전 모습은 찾아볼 수가 없잖아? 도대체 어떤 정신 나간 놈이 널 원하겠니?」

그녀의 거칠고 배은망덕한 지적에 경악한 디안은 일어나서 식당을 나와 버렸다. 올리비아가 디안의 등에 대고 마지막으로 고래고래 소리를 질러 댔다.

「우리 집에 다신 오지 마, 더는 환영받지 못할 테니까! 넌 두 번 다시 마리엘을 보지 못할 거야!」

〈날 슬프게 하는 게 딱 하나 있다면 바로 그거야.〉 디안은 생각했다.

그날 밤, 디안은 잠자리에 들었지만 밤새 잠을 이루지 못했다. 해야 할 일을 해낸 것이 뿌듯하긴 했지만 올리비아가 드러낸 엄청난 분노가 신경이 쓰였다.

그녀가 고위직 교수들의 결점을 정당하게 비웃으며 그 영향력 있는 속물들과 맞설 때만 해도 디안은 그녀가 내비치는 경멸을 이해할 수 있었다. 하지만 교수 사회에서 특권을 누릴 수 있게 되자 그녀는 그들의 절친한 친구로 돌변했다. 디안은 그 여자가 본능적으로 다른 사람들을 경멸한다는 것을 깨달았다. 그녀는 경멸하는 사람이었다. 수시로 경멸의 대상을 물색했고, 쉽게 찾아냈다. 순진한 사람들, 아픈 사람들 그리고 자신의 딸에 이르기까지. 〈이제부터는 틀림없이 나도.〉 디안은 생각했다.

〈당신의 경멸을 아껴라, 그것이 필요한 사람들이 사방에 널려 있으니.〉 올리비아는 샤토브리앙의 이 유명한 격언에 따를 필요가 없었다. 경멸이 넘쳐 났으니까. 아낌없이 퍼줘도 넉넉히 남을 정도로.

경멸하는 행위는 자신이 경멸을 당하는 사람보다 우위에 있다고 느끼게 해준다. 그 때문에 올리비아는 더욱더 경멸하지 않고는 배길 수 없었다. 하지만 그 정도로 어떤 대상을 경멸하는 것은 그 대상과의 경계가 터무니없을 정도로 쉽게 무너질 수도 있다는 것을 보여 주었다. 그녀가 고위직 교수들을 대하는 태도가 보여 주듯이. 심장병 환자들에 대해서도 사정은 마찬가지가 아닐까?

디안은 당시에는 별로 중요하지 않아 보였던 1년 전 대화를 떠올렸다. 그녀가 당시만 해도 아직 친구였던 올리비아에게 왜 그리 식생활을 철저하게 관리하느냐고, 심장 질환 전력이라도 있느냐고 물었다.

「그게 아니라 날씬한 몸매를 유지하고 싶어서요.」

「살이 찔 것 같아 보이진 않는데요.」

「아이를 낳기 전에는 마음껏 먹을 수 있었어요. 엄마가 된 후로는 아주 조금만 먹어도 살이 쪄요.」

디안은 그녀의 목소리에서 묻어나던 씁쓸함을 떠올렸다. 혹시 거기에 그녀가 마리엘을 왜 그렇게 미워하는지 설명해 줄 요소가 있지 않을까?

그것이 단지 증오에 지나지 않기를! 이제는 경멸이 증오보다 더 안 좋게 보였다. 적어도 증오는 사랑과 가깝지만 경멸은 완전히 낯선 것이었다. 〈적어도 엄마는 날 한 번도 경멸하진 않았어.〉 그녀는 생각했다. 마리엘의 운명을 떠올리자 가슴이 떨렸다.

밤을 하얗게 지새운 다음 날 아침, 디안은 올리비아에게서 메일이 와 있는 것을 보았다. 〈내가 뭐 하러 그녀에게 인터넷 사용법을 가르쳐 줬을까!〉 상대방이 메시지를 읽었는지 확인하는 방법을 가르쳐 준 것도 그녀였다. 디안은 그 최후의 메시지를 절대 읽지 않기로 마음먹었다. 그녀는 그 메시지가 자신을 미치게 만들리라는 것을 확신할 만큼 올리비아를 잘 알았다.

〈결론을 내리려 드는 것, 그것은 바보짓이다〉라고 플

로베르는 썼다. 그런데 플로베르처럼 생각하는 사람은 아주 드물다. 말다툼이 벌어지면 누구나 강박적으로 마지막 말을 하려 드니까. 그게 바로 멍청이라는 표식인데도 말이다.

늘 그렇듯 삶은 계속되었다.

디안은 병원 심장내과에서 풀타임으로 일을 했다. 환자들은 그녀를 무척 따랐다. 어떤 문제든 간에 그들의 이야기에 귀를 기울여 줬으니까. 그녀가 존중하는 태도를 보이자 환자들도 생활 습관을 바꾸라는 요구를 기꺼이 받아들였다.

환자들을 돌보는 일이 고되기는 했지만 그녀는 이전보다 훨씬 더 건강한 방식으로 생활했다. 매일 밤 잠을 푹 자기 시작하자 식욕이 되돌아왔다. 그러다 보니 머지않아 예전의 아름다움을 되찾았다.

그녀는 가족과의 관계를 회복하기로 마음먹었다. 아

버지는 그녀가 더 이상 대학에서 학생들을 가르치지 않는 것을 아쉬워했지만 의사 딸을 둔 것을 몹시 자랑스러워했다. 엄마는 손녀 쉬잔을 완벽하게 돌봤고, 일요일 오후마다 디안, 니콜라 그리고 그의 아내와 아이들을 초대했다. 디안과 니콜라는 화해를 하고 어릴 때처럼 다정하게 지냈다.

마리는 매년 생일 선물로 셀리아로부터 우편엽서를 받았다. 발송지들을 근거로 추정해 볼 때 그녀는 도보로 세계 여행을 하고 있는 듯했다.

엘리자베스는 아들 둘, 샤를과 레오폴드를 두었다. 레오폴드의 대모가 된 디안은 자신을 이모라고 부르는 두 형제를 몹시 사랑했다.

구혼자도 여럿 있었다. 하지만 디안은 예외 없이 퇴짜를 놓았다. 그녀는 올리비아와는 두 번 다시 상종하지 않았다. 가끔 올리비아의 소식을 듣기는 했지만 그때마다 기분이 안 좋았다.

5년 후, 그녀는 마리엘이 퇴학을 당했다는 소식을 듣고 마음이 몹시 아팠다.

또다시 세월이 흘렀다. 디안은 그 도시의 고급 주택

가에 예쁜 집을 마련했고, 정원을 가꾸는 즐거움을 발견했다.

2007년 1월, 디안은 서른다섯 살이 되었다. 며칠 후, 형사 둘이 느닷없이 그녀의 집을 찾아왔다. 그녀는 깜짝 놀라며 그들을 맞았다.

「올리비아 오뷔송이 15일과 16일 사이의 밤에 살해당했습니다. 몇 가지 여쭤볼 게 있는데 답변해 주시겠습니까?」

큰 충격을 받은 디안이 그들에게 들어오라고 했다. 1월 15일 밤부터 이튿날 새벽까지 그녀는 엘리자베스의 집에서 자신의 생일 파티를 했다. 그녀는 지난 7년간 피해자를 만난 적이 없었다.

「어떻게 살해됐나요?」

「칼로 심장을 스무 번이나 찔렀습니다.」

그녀는 한동안 넋을 잃고 있었다.

「그녀의 남편은요?」

「쇼크 상태예요. 침대에 누워 천장만 바라보고 있습니다.」

「범인을 봤대요?」

「아뇨. 부부가 각방을 썼답니다. 그런데 질문을 하는 건 우립니다. 혹시 올리비아 오뷔송에게 따로 만나는 사람이 있었나요?」

「그걸 제가 어떻게 알겠어요?」

「그녀와 아주 가깝게 지내셨다면서요.」

「그래요, 3년 동안은요, 우린 친구였죠.」

「친분의 성격이 어땠나요?」

「직업적인 거였어요. 그녀의 딸도 제가 1년 넘게 돌봐 줬죠.」

「그 딸에 대해 말씀해 보십시오.」

「마리엘. 당시에는 열두 살이었어요. 그 후로 학교를 떠났다는 소식을 들었죠. 제가 아는 건 그게 다예요.」

「딸이 엄마하고 사이가 좋았나요?」

「저야 모르죠. 10년 전에는 숭배하듯이 했어요.」

「피해자의 집 앞에서 피해자의 것이 아닌 자동차 타이어 자국이 발견되었습니다. 혹시 마리엘이 운전을 했나요?」

「그걸 제가 어떻게 알겠어요?」

「질문을 하는 건 우립니다. 올리비아 오뷔송하고는 왜 관계를 끊으셨죠?」

「갈등이 있었어요.」

「어떤 갈등이죠?」

「직업적인 거요. 제가 더 이상 대학에서 그녀와 함께 일하고 싶지 않았어요.」

「왜요?」

「가르치는 건 제 소명이 아니었거든요. 저는 교수가 아니라 의사가 되고 싶었어요. 그녀가 그 사실을 부정적으로 받아들였고 언성이 높아졌죠. 그러곤 우정이 깨져 버렸어요.」

형사들이 몇 가지 질문을 더 했지만 그녀는 모르겠다는 말만 반복했다. 그들은 떠오르는 게 있으면 꼭 연락해 달라고 부탁하고는 그녀의 집을 나섰다. 떠나기 전에 그들은 범행이 일어난 날 밤 그녀의 행적을 확인해야 한다며 엘리자베스의 연락처를 알려 달라고 했다.

디안은 오래 생각할 것도 없이 범인이 누군지 알 수 있었다.

칼로 심장을 스무 번이나 찔렀다면 치정에 의한 살인이 분명했다. 그녀는 20년 전부터 올리비아에게 되돌아오지 않는 사랑을 바쳐 온 사람이 누군지 확실히 알고 있었다.

그것이 안 좋게 끝난 연인 사이보다 훨씬 더 심각하지 않을까? 너무나 깊고, 치유할 수 없고, 필요 불가결하며, 위로할 수 없는 그 사랑에 올리비아는 경멸로만 답했다.

범인이 택한 범행 날짜는 디안에게 보내는 하나의 사인이었다. 범인은 그녀의 생일날 밤에 계획을 실행에 옮길 정도로 디안을 사랑하는 사람이어야 했다. 범인은 그녀에게 기쁨을 주기 위해서가 아니라 그녀가 자신의 정체를 조금도 의심하지 않도록 그날을 범행일로 택했을 것이다.

2007년에 범인은 스무 살이 될 것이다. 셀리아가 쉬잔을 엄마에게 맡기고 집을 나갔을 때의 나이였다. 벌의 무거움은 죄의 무거움과 일치했다. 마리의 죄는 올리비아의 죄보다 훨씬 가벼웠다. 마리는 눈이 멀고 분별이 없었지만, 올리비아는 차갑고 냉철하게 경멸했다.

디안은 범인의 생일이 2월 6일이라는 것을 떠올렸다. 이제 기다리기만 하면 됐다.

2월 6일, 디안은 온종일 집에 있었다. 23시 54분, 누가 아주 조심스럽게 문을 두드렸다.

「생일 축하해.」 디안이 이렇게 말하면서 찾아온 사람을 곧장 맞아들였다.

스무 살의 마리엘은 기껏해야 열여섯 살 정도밖에 안 되어 보였다. 작고 비쩍 마른 그녀의 커다란 눈망울에서 끝없는 허기를 읽을 수 있었다.

디안은 그녀에게 아무것도 묻지 않았다.

「갈 데가 없어서 왔어요.」 마리엘이 말했다.

「넌 네 집에 온 거야.」

옮긴이의 말
아이를 사랑하라, 머리가 아니라 심장으로

이 책의 제목은 19세기 프랑스 작가 알프레드 드 뮈세의 시구에서 따온 것이다. 너의 심장을 쳐라? 무슨 뜻일까? 앞뒤 시구를 살펴야 의미가 분명해진다. 뮈세는 친구 에두아르 부셰에게 바친 시에서 이렇게 썼다. 〈자네는 라마르틴의 시를 읽고 이마를 치더군. …… 아, 자네 심장을 치게, 천재성이 거기 있으니. 연민, 고통, 사랑이 있는 곳도 거기라네.〉 머리와 가슴, 우리말로는 심장보다 가슴이 자연스러울 것 같다. 그런데도 번역어로 심장을 택할 수밖에 없었던 사정은 직접 이 책을 읽고 헤아려 보길 바란다.

모든 소설은 가족사라고 했던가. 이 소설은 가족 중에서도 주로 여자들(엄마와 딸) 사이의 일그러진 관계, 그들의 연민, 고통, 사랑, 질투와 멸시, 그로 인한 파국을 그린다. 잠시 등장하는 의사를 제외하고 남자들(아빠와 아들)은 여자들의 마음을 잘 읽지 못한다. 그래서 무기력하고 존재감이 없다.

　마리는 타인의 질투를 먹고 사는 아름다운 아가씨다. 그녀는 자신이 사는 도시에서 가장 잘생긴 약국집 아들 올리비에와 결혼해 자신보다 더 예쁜 첫째 딸 디안을 낳는다. 그런데 마리의 반응은 여느 엄마들과는 사뭇 다르다. 출산과 함께 자신의 청춘이 끝났다고 생각하는 그녀는 자신에게서 타인의 눈길을 앗아 간 딸을 질투한다(〈이제 더는 내 이야기가 아니야. 이제부턴 네 이야기야〉). 거기서 더 나아가, 디안을 자신의 굴레인 질투의 구렁 속으로 몰아넣기 위해 막내이자 둘째 딸 셀리아에게 지나친 애정을 쏟는다. 그럼으로써 두 딸의 삶을 망쳐 놓는다. 사랑은 너무 지나쳐도, 너무 모자라도 사람을 망가뜨리니까. 비현실적일 만큼(질투가 뭔지 아는 네 살배기!) 조숙하고 총명한 디안은 이 모든 걸 꿰뚫어

보고 괴로워한다. 그래서 그 구렁에 빠지지 않기 위해, 살기 위해 조부모에게로, 친구 엘리자베스에게로, 스승 올리비아에게로 끊임없이 달아난다.

또 한 명의 엄마 올리비아, 그녀는 디안이 진학한 의대의 심장내과 교수다. 예쁘고 똑똑한 그녀는 자신만큼 예쁘지도 똑똑하지도 못한 외동딸 마리엘을 경멸하고 학대한다. 경멸하는 엄마는 질투하는 엄마보다 더 흔하지만, 더 나쁘다. 속물 중의 속물로 끊임없이 잔머리를 굴려 대는 그녀는 디안의 헌신을 발판 삼아 출세 가도를 내달린다. 그러면서 논문 작성과 강의에 이어 내팽개쳤던 엄마의 역할까지 서서히 디안에게 떠넘긴다.

디안은 그래도 호시탐탐 자신을 노리는 질투와 경멸의 구렁에 끝까지 저항하며 자기 삶을 건설한다. 자기 내부의 마귀에 대해 철저히 무지한 엄마를 용서하고, 타인을 이용하려고만 드는 올리비아에게 통쾌한 복수를 한다. 하지만 사랑의 과잉에 질식한 셀리아와 사랑의 결핍에 시들어 버린 마리엘은? 그들도 어쨌거나 자기 몫의 삶을 살아 내야 한다. 그나마 셀리아는 언젠가 방황을 끝내고 돌아올 것이다. 남겨 둔 사람과 회복해야 할 관계가 있기 때문이다. 하지만 엄마의 심장에 칼을 꽂은 마리엘의 경우는 비극적이다. 여기서 올리비아가 디안이 가질 뻔했던 이름이라는 사실은 의미심장하다. 디안이 올리비아 대신 마리엘을 가슴(심장)으로 사랑하는 엄마가 되어 줄 거라는 작가의 암시가 아닐까. 소설 말미에 자신을 찾아온 마리엘에게 디안은 말한다, 너의 집을 제대로 찾아온 거라고.

끝으로, 번역 대본으로는 Amélie Nothomb, *Frappe-toi le coeur*(Paris: Albin Michel, 2017)를 사용했음을 밝힌다.

2021년 2월
이상해

옮긴이 **이상해** 한국외국어대학교와 동 대학원 불어과를 졸업하고 프랑스 스트라스부르 대학교, 릴 대학교에서 박사 과정을 수료했다. 현재 한국외국어대학교에 출강하고 있다. 『측천무후』로 제2회 한국 출판 문화 대상 번역상을, 『베스트셀러의 역사』로 한국 출판 평론 학술상을 수상했다. 옮긴 책으로 아멜리 노통브의 『추남, 미녀』, 『느빌 백작의 범죄』, 『샴페인 친구』, 『푸른 수염』, 『머큐리』, 에드몽 로스탕의 『시라노』, 미셸 우엘벡의 『어느 섬의 가능성』, 델핀 쿨랭의 『웰컴 삼바』, 파울로 코엘료의 『11분』, 『베로니카, 죽기로 결심하다』, 크리스토프 바타유의 『지옥 만세』, 조르주 심농의 『라 프로비당스호의 마부』, 『교차로의 밤』, 『선원의 약속』, 『창가의 그림자』, 『베르주라크의 광인』, 『제1호 수문』 등이 있다.

너의 심장을 쳐라

발행일   2021년 8월 20일 초판 1쇄

지은이   아멜리 노통브
옮긴이   이상해
발행인   홍예빈 · 홍유진
발행처   주식회사 열린책들

경기도 파주시 문발로 253 파주출판도시
전화 031-955-4000 팩스 031-955-4004
www.openbooks.co.kr